Kristina Ohlsson

Silberjunge

Kristina Ohlsson

SILBER JUNGE

Aus dem Schwedischen
von Susanne Dahmann

cbt

Kinder- und Jugendbuchverlag
in der Verlagsgruppe Random House

MIX
Papier aus verantwortungsvollen Quellen
FSC® C014496

Verlagsgruppe Random House FSC® N001967
Das für dieses Buch verwendete FSC®-zertifizierte
Papier *Super Snowbright* liefert
Hellefoss AS, Hokksund, Norwegen.

1. Auflage 2015

Die Originalausgabe erschien 2014 unter dem
Titel »Silverpojken« bei
Lilla Piratförlaget AB, Stockholm

Aus dem Schwedischen von Susanne Dahmann
Lektorat: Carola Henke
Umschlaggestaltung: semper smile, München
Umschlagmotiv: © Jenn DiGuglielmo/Trevillion Images
MG · Herstellung: kw
Satz: KompetenzCenter, Mönchengladbach
Druck: GGP Media GmbH, Pößneck
ISBN: 978-3-570-16351-1
Printed in Germany

www.cbt-buecher.de

1.

Als Aladdin den Jungen mit den kurzen Hosen zum ersten Mal sah, schneite es. Der Himmel war mit dicken Wolken bedeckt und es war kalt. Aladdin wollte mit seiner Freundin Billie zum Schlittschuhlaufen gehen. Das Flüsschen, das durch Åhus verlief, war zugefroren, sodass sich der schmale Streifen Wasser in eine glänzende Eisbahn verwandelt hatte. Aladdins Vater hatte gesagt, er könne sich nicht erinnern, wann das zum letzten Mal der Fall gewesen wäre.

»Jetzt wohne ich bald zehn Jahre in Åhus und nicht ein einziges Mal habe ich erlebt, dass der Fluss schon im November zufriert.«

Aladdin hörte zu und packte derweil ein Butterbrot und eine Thermoskanne mit Kakao in den Rucksack.

Seine Eltern waren aus der Türkei nach Schweden gekommen, als Aladdin noch klein gewesen war, und er konnte sich an überhaupt nichts aus der Zeit davor erinnern. Wenn ihn jemand fragte, woher er käme, dann antwortete er immer: Åhus.

Ausgerechnet an dem Tag, als er den Jungen mit den kurzen Hosen sah, hatte er es eilig. Er war schon spät dran und wollte Billie nicht warten lassen.

Inzwischen war es allerdings kaum mehr seine eigene Schuld, wenn er zu spät kam, sondern die seiner Eltern. Sie hatten schließlich die Idee gehabt, das Haus zu verkaufen und stattdessen in den alten Wasserturm zu ziehen, in dem sich auch ihr Restaurant ›Der Türke im Turm‹ befand.

»Wir sollen im Wasserturm wohnen?«, hatte Aladdin gefragt. »Seid ihr verrückt? Das geht doch nicht!«

»Warum denn nicht?«, meinte Aladdins Mutter. »Uns gehört das ganze Grundstück, wir benutzen aber nur die oberste und die unterste Etage des Turms für das Restaurant. Alle Etagen dazwischen stehen leer.«

Und so kam es auch. Vor ein paar Wochen waren sie eingezogen. Nun musste Aladdin fünf Treppen rauflaufen, um in sein Zimmer zu kommen. Deshalb war er oft spät dran, wenn er sich mit Freunden traf. Seine Mutter machte Witze darüber und sagte, es sei doch nur gut, wenn er kräftige Beine bekäme, aber Aladdin fand das nicht besonders lustig. Schließlich kannte er den eigentlichen Grund für den Umzug.

Das Restaurant lief nicht mehr so gut. Sie verdienten weniger Geld als zuvor, und deshalb hatten sie erst das Haus und dann auch das Hausboot verkauft, in dem sie immer im Sommer gewohnt hatten.

»Manchmal hat man mehr Geld und manchmal weniger«, hatte Aladdins Vater gesagt. »Das ist nichts Besonderes.«

Doch Aladdin sah, dass er sich Sorgen machte, und das fühlte sich überhaupt nicht gut an.

»Jetzt seid aber vorsichtig beim Schlittschuhlaufen«, sagte seine Mutter, als er alle Sachen beisammen hatte. »Denkt dran, dass das Eis nur am oberen Ende des Flusses trägt, nicht unten, wo die Schiffe liegen.«

»Ja, ja«, antwortete Aladdin ungeduldig und wollte losrennen, doch seine Mutter rief ihn zurück.

»Komm nicht zu spät zum Abendessen. Papa und ich möchten etwas mit dir besprechen.«

Sie wirkte ernst. Aladdin runzelte die Stirn.

»Ist was passiert?«

»Lass uns später darüber reden. Viel Spaß mit Billie!«

Dann machte sie kehrt und ging ins Restaurant zurück. Aladdin lief zögerlich die Treppen hinunter. Worüber wollten seine Eltern mit ihm reden?

Genau in dem Augenblick, als er unten aus der Haustür trat, bemerkte er den Jungen. Er stand ein Stück entfernt und sah zu Aladdin rüber. Der war so erstaunt, dass er fast den Rucksack hätte fallen lassen, den er noch im Arm trug.

»Hallo«, sagte er wie automatisch und ging vor zur Straße.

Der Junge stand neben dem Restaurantschild, das Aladdins Vater aufgestellt hatte. Irgendetwas war komisch an ihm. Obwohl es kalt war, hatte er nur eine kurze Hose und einen Strickpullover am Leib. Die Hosen waren aus einem dicken Stoff gemacht, der ganz so aussah, als würde er kratzen. Er hatte Kniestrümpfe an und schwarze Stiefel aus rissigem Leder. Der Pullover war schwarz-weiß gestreift.

Der Junge erwiderte Aladdins Gruß nicht. Er stand nur da und starrte. Aladdin zögerte. Vielleicht sollte er stehen bleiben, möglicherweise brauchte der Junge Hilfe.

»Hast du dich verlaufen?«, fragte Aladdin.

Er kam sich blöd vor. »Verlaufen«, was sollte das denn? Der Junge sah aus, als wäre er so um die zwölf Jahre alt, so wie Aladdin selbst, da stellte man sich doch nicht in den Schnee und glotzte, wenn man mal den falschen Weg erwischt hatte.

Der Junge antwortete auch gar nicht, sondern wandte

den Blick von Aladdin ab und ging auf den Turm zu. Ob seine Eltern oben im Restaurant saßen?

Doch der Junge mit den kurzen Hosen ging nicht durch die Tür, sondern verschwand um den Turm herum. Aladdin sah auf die Uhr. Eigentlich hatte er gar keine Zeit, über den Kerl nachzudenken, denn er war bereits spät dran. Doch die Neugier war zu groß, er musste einfach nachsehen, wohin der Junge gegangen war.

Schnell schwang er sich den Rucksack auf den Rücken und wollte den Turm umrunden. Doch er kam nicht weit, sondern blieb wie angewurzelt stehen. Der Junge war nirgends zu sehen.

»Hallo?«, fragte Aladdin.

Keine Antwort.

Seltsam.

Verwirrt sah er sich um. Der Junge war wie vom Erdboden verschluckt.

2.

»Was soll das heißen, er ist verschwunden?«, fragte Billie.

Aladdin und sie saßen auf dem Steg am Fluss und zogen sich die Schlittschuhe an.

»Er ist einfach verschwunden«, sagte Aladdin noch einmal. »Ist um den Turm gegangen und dann – puff. Nichts! Er war einfach weg.«

Aladdin war den ganzen Weg zum Fluss gerannt und deshalb kaum zu spät gekommen.

»Wie seltsam«, meinte Billie. »Hat er denn nicht gefroren mit den nackten Beinen?«

»Keine Ahnung«, erwiderte Aladdin. »Er sah eigentlich nicht so aus, und außerdem hatte er lange Kniestrümpfe an, hatte also nicht wirklich nackte Beine.«

»Kniestrümpfe«, kicherte Billie.

Sie band eine letzte Schleife in die Schnürsenkel der Schlittschuhe und stand auf. Auf dem Eis waren bereits jede Menge Leute. Sie beugte sich herab und holte etwas aus einer Plastiktüte, die sie dabeihatte.

Eine Schwimmweste.

Aladdin lachte laut los.

»Willst du die anziehen?«

»Ich muss«, knurrte Billie. »Mama wird sonst superwütend. Ohne Schwimmweste darf ich nicht aufs Eis, hat sie gesagt.«

Billie war fett wie ein Elefant, als sie die Weste über die dicke Winterjacke gezogen hatte. Als sie den Helm aufsetzte, schlug die Mütze in der Stirn Falten.

Sie seufzte unglücklich und Aladdin lachte weiter.

»Jetzt fahren wir mal«, schlug er vor und erhob sich auf wackligen Beinen.

»Mama hat gesagt, wir dürfen nur da fahren, wo wir sicher sind, dass das Eis fest genug ist«, sagte Billie.

»Das hat meine Mutter auch gesagt«, meinte Aladdin.

»Und zum Flüchtlingsschiff dürfen wir auch nicht«, fügte Billie hinzu.

Das Flüchtlingsschiff war ein großer Fischerkahn, der im Hafen lag. Eines Morgens war es, voller Menschen aus einem anderen Land, plötzlich da gewesen und die Zeitungen hatten es Flüchtlingsschiff genannt. Niemand schien zu wissen, was mit dem Boot oder den Menschen, die darauf wohnten, geschehen sollte. Aladdin wusste nicht einmal, woher sie kamen. Aber er wusste, warum sie das Schiff nicht verließen: Sie wollten in Schweden bleiben und in keinem Flüchtlingslager landen. Vielleicht wollten sie, wenn sie Åhus doch wieder verlassen mussten, wenigstens mit dem Boot weiterfahren können.

Der Hafen von Åhus war lang und schmal und verbreiterte sich erst an der Mündung zum Meer. Obwohl der Winter gerade erst begonnen hatte, sehnte sich Aladdin schon nach dem Sommer. Da hatte das Eisboot im Hafen geöffnet und der ganze Ort war voller Menschen. Im Winter wurde Åhus so dunkel und still.

Weder Billie noch Aladdin waren sonderlich gute Schlittschuhläufer, aber es machte trotzdem Spaß. Als sie gerade an einem der Restaurants am Hafen vorbeigefahren waren, kamen zwei größere Jungs viel zu schnell angesaust. Ehe Aladdin sich's versah, kriegte er einen Schubser, verlor das Gleichgewicht und landete bäuchlings auf dem harten und kalten Eis.

»Passt doch auf!«, rief Billie wütend, doch die großen Jungs lachten nur und fuhren weiter.

»Idioten«, murmelte Aladdin und rappelte sich hoch. Als er die Beine streckte, taten ihm die Knie weh.

»Hast du dir wehgetan?«, fragte Billie besorgt.

»Ach, ist schon okay«, sagte Aladdin und bürstete sich den Schnee von den Kleidern.

In diesem Moment bemerkte er den Jungen mit den kurzen Hosen wieder. Auf einer Anhöhe hinter den Restaurants lagen die Reste einer mittelalterlichen Burg. Der Junge stand oben auf der hohen Burgmauer und schaute über das Eis.

»Da!«, sagte Aladdin und streckte den Finger aus. »Siehst du ihn? Den Jungen da oben auf der Mauer?«

Billie sah hin.

»Nein«, antwortete sie, »ich sehe keinen Jungen.«

»Bist du blind oder was?«, fragte Aladdin und sah sie verärgert an. »Da steht er doch, auf der Burg!«

Er zeigte wieder dorthin. Als er ausatmete, kam Nebel aus seinem Mund.

Ganz still stand er auf dem Eis und ließ den Arm sinken.

Der Junge war verschwunden. Schon wieder.

3.

Das Essen duftete nach Knoblauch. Aladdins Eltern hatten Reis und Hühnchen aus dem Restaurant mitgebracht, und als Aladdin wieder zu Hause war, wurde gegessen. Weil er so mit dem verschwundenen Jungen beschäftigt gewesen war, hatte er völlig vergessen, dass die Eltern ja irgendetwas mit ihm besprechen wollten, doch jetzt fiel es ihm wieder ein.

Eine seltsame Stille herrschte um den Esstisch. Überhaupt war es ungewohnt, dass sie alle drei gemeinsam aßen. Das hatten sie lange nicht getan, denn Mama und Papa arbeiteten nahezu die ganze Zeit.

Schließlich sagte Aladdins Mutter:

»Aladdin, sag mal, wir müssen dich etwas fragen … Hast du Essen aus dem Restaurant genommen?«

Aladdin war so erstaunt, dass er kaum wusste, was er sagen sollte.

»Nein«, erwiderte er. »Warum sollte ich?«

Er wusste, dass er nicht einfach so Essen aus dem Restaurant mitnehmen durfte, sondern immer erst um Erlaubnis fragen musste. Und das tat er auch.

»Du musst wissen«, sagte sein Vater und jetzt schienen die Worte ihm leichter über die Lippen zu kommen, »aus der Restaurantküche ist Essen verschwunden.«

»War das viel?«, fragte Aladdin.

»Ziemlich viel«, sagte seine Mutter. »Erst haben wir nicht groß darüber nachgedacht, aber heute waren plötzlich die Mirja-Fleischbällchen weg. Und das war gar nicht gut, denn da mussten die Leute warten, bis ich neue gemacht hatte.«

Mirja-Fleischbällchen nannten seine Eltern die Fleischbällchen, die nach dem Rezept von Aladdins türkischer Großmutter gemacht wurden. Da viele ihrer Gäste diese Fleischbällchen besonders mochten, sorgte der Vater immer dafür, dass ein ordentlicher Vorrat davon im Kühlschrank war.

»Das ist doch wirklich komisch«, meinte Aladdin. Er wusste nicht, was er sagen sollte. Glaubten seine Eltern, dass er zum Dieb geworden war? Das fühlte sich gar nicht gut an.

»Warum glaubt ihr denn, dass ich das Essen genommen habe?«, fragte er. »Das kann doch jeder gewesen sein.«

Seine Eltern fingen sofort an, sich gegenseitig ins Wort zu fallen, sodass er kaum noch verstand, was sie eigentlich sagten.

»Es ist nur, dass das jetzt schon mehr als eine Woche so geht«, sagte seine Mutter. »Essen, das am Abend noch im Kühlschrank steht, ist am nächsten Morgen weg. Und es gibt nicht viele, die nachts Zugang zur Küche haben.«

Das stimmte natürlich. Die Einzigen, die ins Restaurant konnten, wenn es geschlossen war, waren Aladdins Eltern und er selbst. Doch dann fiel ihm etwas ein.

»Mats hat doch auch einen Schlüssel.«

Mats war das »Mädchen für alles« im Restaurant. Er kaufte ein, putzte und spülte. Manchmal reparierte er auch Sachen.

»Daran haben wir auch schon gedacht«, meinte sein Vater. »Aber du weißt doch, Mats ist loyal. Er würde so etwas nicht tun.«

Da konnten sie nicht so sicher sein, dachte Aladdin.

»Vielleicht hat er jemandem den Schlüssel ausgeliehen?«, schlug Aladdin vor. »Jemandem, der dann gestohlen hat, ohne dass Mats etwas davon wusste?«

Seine Eltern sahen beunruhigt aus.

»Vielleicht ist das so«, sagte sein Vater. »Aber dann

möchte ich gerne wissen, warum er unsere Schlüssel an einen Fremden ausleiht.«

Seine Mutter sah Aladdin mit freundlichem Blick an.

»Ich hatte fast gehofft, dass du es gewesen bist, der das Essen genommen hat, mein Lieber«, sagte sie. »Ich dachte, dass du vielleicht einen Freund mit Problemen zu Hause hast, dem du helfen willst. Aber so war es also nicht.«

Nein, so war es nicht.

Aladdin saß eine Weile schweigend da. Er hatte das Gefühl, als würden seine Eltern etwas vor ihm verbergen, etwas, das größer war als die Sache mit dem verschwundenen Essen.

»Ist noch mehr passiert?«, fragte er schließlich.

Seine Eltern sahen einander an und dann zu Aladdin.

»Na ja«, sagte sein Vater. »Vielleicht. Oder ... das ist nichts, worüber wir zu viel reden sollten. Aber du weißt doch, dass wir in der letzten Zeit Probleme gehabt haben. Mit dem Geld, meine ich.«

Aladdin nickte.

»Deshalb haben wir das Haus und das Boot verkauft«, ergänzte er.

»Genau«, sagte seine Mutter. »Es ist nur so, dass die Dinge nicht wirklich besser geworden sind. Eher schlechter.«

»Schlechter?«

»Wie gesagt, davon wollen wir nicht reden«, warf sein Vater rasch ein.

»Aber …«, begann Aladdin.

Seine Mutter schüttelte den Kopf.

»Das sind Erwachsenendinge, Aladdin«, sagte sie. »Nichts, worüber du dir Gedanken machen musst. Denk lieber über die Sache mit dem Essen nach und sag Bescheid, wenn du eine Idee hast, wer es genommen haben könnte. Wenn wir nicht all die anderen Probleme hätten, dann könnten wir über so einen Essensdieb direkt lachen, aber jetzt kommt uns das alles viel schwerwiegender vor.«

Aladdin wollte eben sagen, dass sie sich täuschten und dass es überhaupt nicht nur ein Erwachsenending war, wenn ihnen das Geld ausging. Doch dann musste er wieder an die Sache mit dem Essen denken, und plötzlich fiel ihm ein, dass er jemanden wusste, der vielleicht der Dieb sein könnte.

»Als ich heute zum Schlittschuhlaufen gegangen bin, habe ich einen Jungen gesehen«, erzählte er. »Er hatte kurze Hosen an, obwohl es so kalt war, und stand draußen im Schnee. Vielleicht hat er das Essen gestohlen?«

»Ein Junge? In kurzen Hosen?«, wiederholte sein Vater bedächtig.

Aladdin nickte.

»Ich habe ihn zweimal gesehen, erst unten im Garten und dann beim Fluss. Er stand auf der Burgmauer.«

Seine Mutter glättete ihr Haar, sodass keine Strähnen mehr aus dem Zopf fielen.

»Vielleicht ist das eines der Kinder von dem Flüchtlingsboot«, meinte sie. »Die wohnen ja immer noch dort, all die armen Menschen.«

Aladdins Vater sah fast erleichtert aus.

»Sag Bescheid, wenn du ihn das nächste Mal siehst«, sagte er, »dann können wir mit ihm reden. Ich gebe ihm gern alles Essen, das ich übrig habe, aber es ist besser, wenn er nicht stiehlt. Wenn er es nun war.«

»Aber wie sollte er denn reinkommen?«, fragte Aladdins Mutter. »Die Tür ist abends und nachts doch abgeschlossen.«

»Vielleicht geht er rein, während sie noch auf ist, und versteckt sich dann im Turm, bis wir uns alle schlafen gelegt haben. Hier gibt es doch jede Menge Verstecke.«

»Uh«, sagte seine Mutter. »Ist ja in Ordnung, wenn es nur Kinder sind, die hier herumgeistern, aber das ist wirklich etwas, das wir bedenken sollten: dass die Leute nach dem Abschließen noch im Turm sein können.«

Aladdin fuhr ein Schauer über den Rücken. Jemand schlich nachts in den Turm und stahl Essen. Konnte das wirklich der Junge in den kurzen Hosen sein?

Eigentlich egal, wer das war, entschied er.

Jemand verschaffte sich Zutritt zu ihrem Turm, zu ihrem Zuhause. Ohne um Erlaubnis zu bitten.

Jemand nahm Dinge aus ihrem Restaurant.

Das war nicht nur falsch, sondern auch noch unverschämt.

4.

Eine Woche verging und das Wochenende kam. Aladdin und Billie saßen in Aladdins Zimmer und aßen Süßigkeiten. Draußen schneite es und keiner von beiden hatte Lust, rauszugehen. Aus dem Restaurant war noch mehr Essen verschwunden. Aladdin hatte keine Spur mehr von dem Jungen in den kurzen Hosen entdeckt und fing langsam an, sich zu fragen, ob er sich das alles vielleicht nur eingebildet hatte.

»Dann also ein Dieb?«, fragte Billie. »Ein richtiger?«

Sie hatten sich die ganze Woche nicht gesehen. Aladdin war voll und ganz mit Schule und Hausaufgaben, Klavierstunden und Modellflugzeugen beschäftigt gewesen. Was Billie gemacht hatte, wusste er nicht, aber bestimmt hatte sie auch Hausaufgaben aufgehabt. Und eine Menge Bücher gelesen. Aladdin kannte niemanden, der so viel las wie Billie.

»Ja«, sagte Aladdin. »Es stimmt. Irgendjemand schleicht sich nachts in unseren Turm und stiehlt Essen. Sie glauben, dass es vielleicht eines der Flüchtlingskinder vom Boot ist.«

»Habt ihr die Polizei gerufen?«, fragte Billie.

Aladdin seufzte. Natürlich hatten sie die Polizei angerufen, aber die hatte Wichtigeres zu tun, als nach verschwundenen Fleischbällchen zu fahnden.

»Vielleicht sollte ich mal mit Josef reden«, meinte Billie. »Der kann euch doch bestimmt helfen.«

Josef war Polizist und mit Billies Mutter befreundet.

»Das wäre toll«, meinte Aladdin, der Josef mochte. »Aber erzähl ihm nicht, dass vielleicht ein Kind der Dieb ist, denn wenn das so ist, dann will Papa die Polizei außen vor lassen.«

Insgeheim fragte sich Aladdin, was Josef schon tun könnte. Fast eine Woche lang war sein Vater jede Nacht aufgestanden und hatte die Treppe bewacht. Natürlich immer nur einige Stunden, denn er musste ja schließlich auch schlafen. Doch hatte er kein einziges Mal einen Dieb gesehen. Trotzdem verschwanden weiter Sachen aus dem Kühlschrank, zuletzt eine große Schüssel Obstsalat, die seine Mutter am Abend vorbereitet hatte.

Billie nahm ein Bonbon.

»Ist es denn wirklich so schlimm, wenn ein bisschen Essen verschwindet?«, fragte sie. »Ich meine, deine Eltern haben doch noch eine Menge anderes Essen. Und total viel Geld.«

Aladdin senkte den Blick. Er wusste, dass viele so dachten wie Billie und dass alle glaubten, seine Eltern seien reich, nur weil sie ein eigenes Restaurant besaßen.

»Ich glaube, wir haben nicht mehr so viel Geld«, sagte er leise. »Deshalb machen sich meine Eltern solche Sorgen, wenn Essen verschwindet. Und was, wenn der Dieb auch noch anfängt, andere Sachen zu klauen? Ich weiß nicht, was dann ist.«

Sein Vater hatte in der letzten Zeit viel über Geld gesprochen. Das tat er meist, wenn er glaubte, sein Sohn würde nicht zuhören. Aladdin wusste nicht viel über Wirtschaft, aber ihm war klar, dass die Dinge Geld kosteten. Wenn man das, was man brauchte, nicht bezahlen konnte, dann hatte man ein Problem, und mit etwas Pech wurde daraus ein großes Problem.

Als Billie hörte, was Aladdin erzählte, wurde sie sofort ernst.

»Wir müssen etwas tun«, sagte sie entschlossen. »Kann es nicht der sein, wie heißt er doch noch, der immer so schlecht gelaunt ist und im Restaurant arbeitet? Mats? Ja, genau, Mats. Könnte nicht der das Essen genommen haben? Anscheinend kommt doch der Dieb mit eigenem Schlüssel rein.«

»Daran haben wir auch schon gedacht«, sagte Aladdin. »Aber Papa hat mit Mats gesprochen, und wie es scheint, ist der nicht der Dieb.«

Aladdin selbst war sich da nicht so sicher. Er hatte Mats nie leiden mögen, und zwar nicht, weil der gemein zu ihm wäre, sondern weil er so seltsam war. Bei seinen Eltern war er beliebt, weil er immer tat, was man ihm sagte. Außerdem war er schnell und tüchtig. Aber Aladdin gefiel es nicht, dass Mats immer so schlechte Laune hatte. Und dann war er auch noch so groß. War man zum Beispiel in der Küche, wenn er spülte, dann war es völlig unmöglich, ihn zu ignorieren.

»Aber«, meinte Billie, die Mats auch nicht mochte, »was heißt denn, sie haben mit ihm gesprochen? Wenn Mats der Dieb ist, dann wird er das ja wohl nicht erzählen. Wir müssen ihn auf frischer Tat ertappen.«

Aladdin grinste. »Auf frischer Tat ertappen«, hatte Billie gesagt. So hatten sie und Aladdin, als Billie gerade neu nach Åhus gezogen war, ein Gespenst enttarnt.

»Klar hat Papa nicht einfach nur mit ihm geredet«, erklärte er. »Offensichtlich war Mats bei den meisten Malen, als Essen verschwunden ist, verreist. Dann kann er es also nicht gut gewesen sein.«

Aladdin kannte Billie erst seit einigen Monaten. Sie hatten sich im Sommer angefreundet, als sie und ihre Mutter aus Kristianstad nach Åhus gezogen waren. Aladdin wusste, dass Billie zuerst gar nicht nach Åhus ziehen wollte, und deshalb ging sie auch immer noch in ihre alte Schule in Kristianstad, obwohl die zwanzig Kilometer entfernt lag. Aladdin wünschte sich, Billie würde in Åhus zur Schule gehen, dann wären sie in derselben Klasse.

»Wir sollten Mats mal beobachten«, schlug Billie vor, »dann wissen wir es sicher. Vielleicht lügt er ja und war überhaupt nicht verreist.«

Aladdin brach in Lachen aus.

»Jetzt hör aber auf, das kann man doch nicht machen. Man kann nicht einfach hinter den Leuten herspionieren.«

»Doch, natürlich kann man das! Außerdem ist das hier eine wichtige Sache. Stell dir vor, deinen Eltern geht das Geld aus. Was macht ihr dann?«

Daran wollte Aladdin am liebsten gar nicht denken. Das Geld musste einfach reichen. Punkt.

»Arbeitet Mats denn heute?«, fragte Billie.

Aladdin schüttelte den Kopf. Es war Samstag, da hatte Mats frei.

»Ich glaube, er wollte nach Malmö fahren und seine Mutter besuchen«, meinte Aladdin. »Er kommt nicht vor morgen wieder.«

»Typisch«, knurrte Billie.

Doch dann hellte sich ihre Miene auf.

»Aber das ist doch perfekt!«

»Was denn?«, fragte Aladdin.

»Dass er gesagt hat, er würde wegfahren. Dann gehen wir doch mal zu ihm nach Hause und kontrollieren, ob er da ist. So kriegen wir leicht raus, ob er lügt.«

Aladdin zögerte.

»Wie soll das gehen?«, fragte er. »Er kennt doch sowohl dich als auch mich. Was sollen wir denn sagen? Ich meine, wenn wir ihn treffen.«

Billie überlegte.

»Wir rufen Simona an«, sagte sie, »dass sie mit dem Bus von Kristianstad hierherkommt. Die kennt er nicht.«

Simona war Billies Freundin, die jetzt auch Aladdins Freundin geworden war.

Er dachte nach. Das war eine gute Idee!

»Ruf Simona an«, sagte er, »und ich gehe und suche die Adresse von Mats raus.«

Das war leichter gesagt als getan. Der Name von Mats war so häufig, dass man die Adresse im Internet nicht finden konnte. Viel zu viele Treffer. Nun hatte Aladdin aber überhaupt keine Lust, seine Eltern danach zu fragen, also schlich er in ihr Schlafzimmer und versuchte, die Handtasche seiner Mutter zu finden. In der hatte sie nämlich ein Adressbuch und darin stand sicherlich auch die Anschrift von Mats. Doch so viel er auch suchte, er fand die Tasche nicht.

Also lief er zwei Treppen im Turm nach unten in das Büro seiner Eltern. Da herrschte wie üblich Chaos: überall Papiere und Aktenordner.

Aladdin seufzte leise, schaltete das Deckenlicht ein und begann, auf dem Schreibtisch zu suchen. Vielleicht würde er irgendein Papier finden, das an Mats adressiert war, zum Beispiel seinen Lohnbeleg.

Aladdin wollte vermeiden, dass man sah, dass er hier zugange gewesen war, doch es war ganz schön schwer, keine Spuren zu hinterlassen. Er konnte sich unmöglich merken, wie die ganzen Papiere ursprünglich dagelegen hatten. Er wollte eben schon aufgeben, als sein Blick auf einen weißen Umschlag mit Mats' Namen darauf fiel. Der Brief war zugeklebt, sodass er nicht sehen konnte, was darin war, doch das spielte keine Rolle. Entscheidend war die Adresse.

Aladdin erkannte die Handschrift seiner Mutter und las leise für sich:

Mats Eriksson
Getingvägen 41
Åhus

Getingvägen. Das war doch, wo Billie wohnte. Perfekt. Er lief wieder in sein Zimmer hinauf. Billie war auf der Toilette, und es klang, als würde sie sich die Hände waschen.

Aladdin suchte Papier und Stift heraus und schrieb Mats' Adresse auf. Erwartungsvoll sah er aus dem Fenster und stellte fest, dass es aufgehört hatte zu schneien. Schön, das würde alles viel leichter machen.

Doch dann sah er noch etwas und sofort vergaß er Mats und das verschwundene Essen.

Unten vor dem Turm stand der Junge mit den kurzen Hosen im Schnee. Direkt neben dem Restaurant-Schild, an derselben Stelle, wo Aladdin ihn das erste Mal gesehen hatte.

Aladdin verharrte regungslos am Fenster.

Der Junge im Schnee bewegte sich auch nicht.

Jetzt kam Billie von der Toilette.

»Was guckst du da?«, fragte sie.

Aladdin wandte den Blick nicht von dem Jungen. Der trug diesmal nicht dieselben Kleider wie letztes Mal, sondern hatte anstelle des Strickpullovers eine Jacke an.

»Der Junge mit den kurzen Hosen«, flüsterte er als Antwort auf Billies Frage.

Er sprach so leise, wie er konnte, als hätte er Angst, dass der Junge ihn sonst hören würde.

Billie stellte sich neben ihn und sah hinaus.

»Wo denn?«, fragte sie.

»Ja, siehst du ihn denn nicht?«, meinte Aladdin ungeduldig. »Da steht er doch.«

In dem Augenblick ging der Junge los und verschwand aus Aladdins Blickfeld. Es sah aus, als wolle er wieder zur Rückseite des Turms.

Aladdin stürzte aus seinem Zimmer und die Treppen hinunter.

»Aladdin? Wohin willst du?«, rief Billie.

Doch er dachte nicht weiter nach und rannte einfach nur aus dem Turm heraus, direkt in den Schnee, und das alles auf Socken. Keuchend lief er einmal um den Turm.

Nicht schon wieder, dachte er, als er, nach Atem ringend, bei den Büschen anhielt.

Der Junge war wieder verschwunden.

Nur Aladdin stand mit pochendem Herz im kalten Schnee. Nun hatte er zum ersten Mal richtig Angst. Dass der Junge aber auch immer so verdammt schnell war! Warum blieb er nicht einfach stehen und sagte, was er wollte?

5.

Mit fast zu Eis gefrorenen Füßen kehrte Aladdin in die Wärme zurück. Seine Mutter kam sogleich angelaufen, denn sie hatte natürlich gesehen, wie er nur auf Socken durch den Schnee gerannt war.

»Hast du den Verstand verloren?«, rief sie auf Türkisch. »Ohne Schuhe rauszugehen! Wenn du jetzt krank wirst!« Dann sah sie Billie und wurde freundlicher. Sie und Aladdins Vater sprachen immer Türkisch mit ihm, aber nicht, wenn er Freunde zu Gast hatte.

»Dein Vater und ich haben Arbeit zu erledigen«, schimpfte sie, »auch am Samstag. Du bist zu groß, um solche dummen Sachen zu machen, Aladdin.«

Aladdin riss sich die nassen Strümpfe herunter.

»Ich habe ihn wieder gesehen«, sagte er. »Den Jungen mit den kurzen Hosen.«

Seine Mutter sah erst erstaunt aus, dann fiel ihr ein, von wem Aladdin sprach.

»Ach so, den Flüchtlingsjungen«, sagte sie. »Hast du mit ihm geredet?«

»Nein«, erwiderte Aladdin. »Er ... ist verschwunden.«

»Verschwunden?«, wiederholte seine Mutter.

»Wahrscheinlich war er zu schnell oder so«, murmelte Aladdin.

Seine Mutter sah Billie an.

»Hast du den Jungen auch gesehen?«

Billie machte ein Gesicht, als wisse sie nicht recht, was sie sagen solle.

»Nein«, sagte sie. »Oder doch. Vielleicht. Aber er war schon wahnsinnig schnell, wie Aladdin gesagt hat.«

Aladdins Mutter sah ihren Sohn eingehend an.

»Ich lüge nicht«, sagte er und kam sich so blöd vor mit den nassen Strümpfen in der Hand.

»Das glaube ich auch nicht«, erwiderte sie. »Aber jetzt denke ich doch, dass ich mal den ganzen Wasserturm durchsuche. Vielleicht hat er sich hier irgendwo versteckt.«

Doch Aladdins Mutter konnte suchen, so viel sie wollte, sie fand keinen Jungen.

»Bist du sicher, dass du ihn gesehen hast?«, flüsterte Billie.

»Natürlich bin ich sicher«, zischte Aladdin zurück.

Seine Mutter schüttelte nur den Kopf.

»Das ist seltsam«, sagte sie. »Sehr seltsam.«

Simona wollte eine Stunde später mit dem Bus kommen. Billie und Aladdin gingen zur Haltestelle, um sie abzuholen. Es war genauso, wie Billie schon gedacht hatte: Simona wollte nur zu gern dabei sein und hinter Mats herspionieren. Aladdin mochte Simona, die war cool. Sehr viel cooler als er selbst und auch viel mutiger. Außerdem sagte sie immer, was sie dachte.

Auf dem Weg zur Bushaltestelle redeten sie nicht viel. Aladdin kickte den Schnee herum. Es ärgerte ihn, dass Billie den Jungen nicht mehr gesehen hatte.

»Vielleicht ist er ja ein Gespenst«, murmelte er.

Billie lachte.

»Aber du glaubst doch gar nicht an Gespenster«, sagte sie.

»Du aber ja auch nicht«, hielt Aladdin dagegen.

Billie verstummte und Aladdin wusste, warum. Sie hatten nämlich mal gedacht, in Billies Haus würde es spuken. Das kam ihm schon ewig her vor, obwohl es doch erst vor ein paar Monaten war. Und streng genommen waren sie immer noch nicht sicher, ob es nicht doch in Billies Haus spukte. Für die meisten Spukereien hatten sie eine Erklärung finden können, jedoch nicht für alle. So geschah es immer noch, dass die Lampe in Billies Wohnzimmer anfing, hin und her zu schaukeln, obwohl Türen und Fenster geschlossen waren.

»Möglicherweise zieht es durch die Fensterritzen«, entgegnete Billies Mutter entschieden, wenn sie mit ihr über die Lampe sprachen.

Billie hatte Aladdin gesagt, dass es ihr egal sei. Die Lampe durfte schaukeln, so viel sie wollte, wenn es nur nicht wieder so wurde wie zu Anfang. Da hatte mitten in der Nacht jemand ans Fenster geklopft und im Gästezimmer Nachrichten hinterlassen.

Aladdin dachte über den Jungen in den seltsamen Kleidern nach. Natürlich war er kein Gespenst, denn schließlich gab es keine Gespenster. Trotzdem machte er Aladdin Angst.

Was will er bloß?, fragte er sich.

Das letzte Stück zum Bus mussten sie rennen.

Simona begrüßte sie mit einem breiten Lächeln.

»Ah, ich bin so froh, dass du angerufen hast!«, sagte sie zu Billie. »Dann muss ich nicht zu Hause sein. Mama und Papa streiten sich die ganze Zeit.«

Das hatte Aladdin schon mehrmals von ihr gehört. Aladdins Eltern stritten sich fast nie oder zumindest war das früher so gewesen. Jetzt war es anders. Seit er das erste Mal seinen Vater von den Geldproblemen hatte reden hören, hatten sie schon mehrmals gestritten.

»Können wir nicht am Hafen vorbeigehen und dieses Flüchtlingsschiff ansehen?«, schlug Simona vor. »Von dem in den Zeitungen so viel geschrieben wird?«

»Da gibt es nicht viel zu sehen«, meinte Aladdin. »Nur ein altes Boot.«

In Aladdins Klasse gab es außer ihm nur zwei weitere Schüler, deren Eltern aus anderen Ländern als Schweden kamen. Doch darüber dachte er so gut wie nie nach. Was spielte das schon für eine Rolle, woher man kam? Sein Vater sagte immer, dass er froh war, mit seiner Familie schon vor zehn Jahren nach Schweden gekommen zu sein, denn wenn sie heute kämen, wäre alles viel schwieriger. Wenn er das sagte, versuchte Aladdin, sich vorzustellen, wie es wäre, wenn sie immer noch in der Türkei wohnen würden. Das war gar nicht möglich. Aladdin fühlte sich genauso schwedisch wie Simona und Billie und alle anderen. Deshalb hatte er auch keine Ahnung davon, wie es den Flüchtlingen im Flüchtlingsschiff gehen könnte. Aladdin selbst war mit dem Flugzeug nach Schweden gekommen. Schon der bloße Gedanke daran, sich wochenlang in einem kalten Fischerboot verstecken zu müssen, verursachte ihm Übelkeit.

»Was sollen wir machen?«, fragte Simona, als sie von der Bushaltestelle losgingen. »Einen alten Opa bespitzeln?«

Einen alten Opa wollte Aladdin ihn nun nicht gerade nennen. Mats war ungefähr genauso alt wie sein Vater und der war nun definitiv kein alter Opa. Aber bespitzeln würden sie ihn.

Billie erklärte Simona, was passiert war.

»Oje«, sagte Simona, »ein Dieb. Aber warum sollte denn dieser Mats Essen stehlen? Hat er Hunger?«

»Wir wissen es nicht so recht«, meinte Aladdin.

Eigentlich war das alles ziemlich idiotisch. Es war blöd, Mats als Dieb zu bezeichnen, wenn sie noch nicht einmal wussten, wofür er das Essen brauchen könnte. Aber wenn Mats nicht der Dieb war, wer war es dann?

»Möglicherweise hat er eine große Familie, von der keiner was weiß«, schlug Billie vor.

»Wie bitte?«, fragte Aladdin ungläubig.

»Wieso nicht?«, meinte Billie.

Simona unterbrach die beiden.

»Wie weit ist es?«

»Wir sind gleich da«, sagte Aladdin. »Er wohnt ganz in der Nähe von Billie.«

Kurz darauf standen sie ein Stück von Mats' Haus entfernt.

»Da ist es«, sagte Aladdin und zeigte darauf.

Es war kurz vor drei und bald würde die Sonne untergehen. Aladdin schauderte. Er wollte am liebsten noch vor Einbruch der Dunkelheit wieder zu Hause sein.

»Das sieht leer aus«, sagte Billie.

»Das wissen wir nicht, ehe wir geklingelt haben«, gab Aladdin zu bedenken und wandte sich Simona zu. »Oder besser gesagt: ehe du geklingelt hast. Bist du so weit?«

Manchmal erschien einem ein Plan so unglaublich gut, wenn man ihn sich ausdachte. Und dann wieder gar nicht gut, wenn man ihn ausführen sollte. Simona war kein ängstlicher Typ, doch als sie zu Mats' Haus gehen und klingeln sollte, zögerte sie doch.

»Jetzt noch mal, wie habt ihr euch das gedacht?«, fragte sie.

»Jemand klaut Essen bei Aladdins Eltern«, sagte Billie. »Wir glauben, dass es Mats sein könnte. Aber Aladdins Vater hat mit ihm geredet und sagt, er sei es nicht. Mats hat gesagt, er sei an den Malen, als Essen verschwunden ist, verreist gewesen. Aber da weiß man ja nicht, ob das stimmt, oder?«

Aladdin fuhr fort.

»Heute ist sein freier Tag. Er hat gesagt, er würde nach Malmö fahren und seine Mutter besuchen. Also haben wir uns gedacht, wir kontrollieren mal, ob er wirklich so oft verreist, wie er behauptet. Oder ob er lügt.«

»Und deshalb wollt ihr, dass ich bei ihm klingele? Um zu sehen, ob er zu Hause ist?«, fragte Simona.

»Genau«, bestätigte Aladdin. »Billie und mich kennt er, aber dich nicht.«

Simona überlegte kurz. Dann fragte sie dasselbe wie Billie.

»Wieso ist es eigentlich so schlimm, wenn aus eurem Restaurant Essen verschwindet?«

Aladdin wusste nicht, was er darauf antworten sollte, denn schließlich kannte er Simona nicht so gut, wie er Billie kannte.

»Aladdins Eltern haben grade ein bisschen Geldprobleme«, sagte Billie, ehe er sie bremsen konnte. »Deshalb haben wir Angst, dass der Dieb anfangen könnte, noch andere Sachen außer Essen zu klauen. Wertvollere Sachen.«

»Okay«, sagte Simona und streckte sich. »Dann verstehe ich. Was soll ich sagen, falls er zu Hause ist?«

»Irgendwas«, meinte Billie. »Sag, dass du in ein paar Wochen Weihnachtszeitungen verkaufen wirst, und frag ihn, ob er interessiert ist, welche zu kaufen, denn dann würdest du noch mal wiederkommen.«

»Was du natürlich nicht machen musst«, beeilte sich Aladdin zu sagen. »Ich meine, noch mal wiederkommen.«

»Schon klar«, sagte Simona.

Auf der Straße fuhr ein Auto vorbei und sie zuckten zusammen.

»Jetzt beeil dich«, sagte Billie, »dann gehen wir zu mir nach Hause und essen was.«

Simona ging los, drehte sich aber noch mal um:

»Ihr steht doch hier und behaltet das Haus im Blick, oder?«

»Natürlich!«, rief Aladdin.

Er glaubte im Grunde nicht, dass Mats eine gefährliche Person war. Aber sicher sein konnte man nie.

Aladdin und Billie stellten sich hinter eine Reihe hoher Büsche. Von dort aus konnten sie das Haus von Mats sehen, ohne selbst gesehen zu werden. Aladdin stampfte nervös im Schnee herum, als er beobachtete, wie Simona die Einfahrt zu Mats' Haus hinaufging.

Simona stellte sich auf die Eingangstreppe und klingelte mehrere Male, doch niemand machte auf.

Dann ging sie wieder die Treppe hinunter, verließ aber nicht, wie Aladdin erwartet hatte, das Grundstück, sondern bog nach rechts ab und ging um die Hausecke.

»Was macht sie denn nur?«, flüsterte Billie. »Jetzt können wir sie ja nicht mehr sehen.«

Aladdin schluckte und bekam plötzlich Bauchweh.

Das hier fühlte sich gar nicht gut an.

Wieder kam ein Auto vorbei und diesmal waren Aladdin und Billie bereit. Als das Auto an ihnen vorüberfuhr, versteckten sie sich hinter den Büschen.

Aladdin spähte dem Wagen nach. Er wurde langsamer, als würde er anhalten.

Simona war immer noch nicht zu sehen.

»Warum beeilt sie sich denn nicht?«, murmelte Billie.

Sie verstummte, als sie sah, wie das Auto auf das Grundstück von Mats einbog. Erst da erkannten sie, wer hinter dem Steuer saß.

Es war Mats.

6.

Mit einem Knallen schlug Mats die Autotür zu und ging mit entschlossenen Schritten auf sein Haus zu. Sein hochgewachsener Körper warf einen langen Schatten über den Schnee.

Dann blieb er plötzlich wie erstarrt stehen.

Es wirkte, als habe er etwas entdeckt, das ihn störte.

»Oh nein«, wisperte Billie. »Simonas Spuren im Schnee.«

Aladdin wurde so nervös, dass er fast keine Luft mehr bekam.

Mats ging langsam die Treppe wieder hinunter, blieb unten stehen und sah auf Simonas Fußspuren, die um die Hausecke verschwanden.

Tausend Gedanken sausten in Aladdins Kopf herum.

Was sollten sie nur tun? Wenn Mats jetzt gefährlich war?

Billie gab ihm einen Rippenstoß.

»Was sollen wir tun?«, flüsterte sie.

»Ich weiß nicht«, antwortete Aladdin verzweifelt.

Zu ihrer großen Erleichterung entschied sich Mats dafür, den Fußspuren nicht zu folgen, sondern verschwand stattdessen im Haus. Er hatte kaum die Tür hinter sich zugemacht, als sie Simona um die Hausecke rennen sahen. Sie musste gehört haben, wie Mats kam, und hatte nur darauf gewartet, dass er im Haus verschwand.

Schnell wie der Blitz schoss sie durch den Schnee zur Straße und war fast schon vom Grundstück herunter, als Mats die Haustür aufriss.

»Stehen bleiben!«, rief er. »Hörst du? Bleib stehen! Hier wird nicht rumgeschnüffelt!«

Aber Simona blieb nicht stehen.

Sie rannte, so schnell sie konnte, die Straße herunter, an den Büschen vorbei, in denen sich Billie und Aladdin versteckten, und dann weiter zur Straße, wo Billie wohnte. Mats blieb noch eine Weile in der Tür stehen und sah ihr nach, dann ging er wieder rein.

Da rannten auch Aladdin und Billie schnell weg.

Simona wartete auf Billies Terrasse, wo sie sich versteckt hatte.

»Ich dachte schon, ihr kommt nie«, sagte sie, als sie die beiden erblickte.

Billie und Aladdin schnappten nach Luft. Billie holte ihren Hausschlüssel aus der Tasche.

»Wir mussten warten, bis er wieder reingegangen ist«, keuchte Aladdin.

»Jetzt wissen wir zumindest, dass er lügt«, sagte Simona, »denn er war ja zu Hause.«

»Das müssen wir deinen Eltern erzählen«, sagte Billie zu Aladdin.

»Damit warten wir bis morgen«, antwortete er, »und gucken erst mal, ob heute Nacht wieder Essen verschwindet. Ansonsten glaube ich nämlich nicht, dass es Mama und Papa groß was ausmacht, dass Mats gelogen hat und warum.«

Sie hängten ihre Jacken an die Garderobe. Im Haus war es warm und gemütlich. Niemand war da, aber auf dem Esstisch lag ein Zettel:

Billie,
Josef und ich machen einen Spaziergang.
In ca. einer Stunde sind wir wieder da.
Mama

»Ist Josef oft hier?«, fragte Simona.

Billie zuckte mit den Schultern.

»Manchmal«, erwiderte sie. »Obwohl, ja, ziemlich oft.«

»Wird er hier einziehen?«, fragte Simona.

»Das weiß ich nicht«, sagte Billie. »Mama möchte es nicht, glaube ich. Noch nicht.«

Billies Vater war vor einem knappen Jahr gestorben. Aladdin hatte noch nie etwas zu Billie darüber gesagt, doch er konnte sich nichts Schlimmeres vorstellen, als dass seine Mutter mit jemand anderem zusammen wäre als mit seinem Vater. Nicht einmal, wenn der Vater starb.

»Josef ist nett«, sagte er, hauptsächlich, um irgendwas zu sagen.

Und er fand Josef wirklich nett. Außerdem war er Polizist und das fand Aladdin cool.

Billie holte von dem Saft aus der Küche, den ihre Oma immer für sie machte. Aladdins Großmutter machte niemals Saft, sondern immer nur Fleischbällchen.

»Wie wird das heute Nacht?«, fragte Simona.

Billie und Aladdin sahen einander an.

»Heute Nacht?«, fragte Billie.

»Na ja, ihr müsst schließlich versuchen, Mats zu erwischen«, erklärte Simona und sah Aladdin an. »Ihn überraschen, wenn er dabei ist zu klauen. Damit ihr deine Eltern davon überzeugen könnt, dass er der Dieb ist.«

So weit hatte Aladdin nicht gedacht.

»Ich denke, es genügt, wenn wir wissen, dass Mats gelogen hat«, meinte er. »Und außerdem kontrollieren wir, ob heute Nacht Essen verschwindet.«

Simona runzelte die Stirn.

»Ist es nicht besser, wenn ihr mal eine Nacht aufbleibt und checkt, was passiert?«, fragte sie.

Billie sah zögerlich aus.

»Ich glaube nicht, dass ich so lange wach bleiben kann«, meinte sie.

»Ich auch nicht«, ergänzte Aladdin.

Sein Vater hatte schließlich eine ganze Nacht lang versucht, wach zu bleiben, um den Dieb zu ertappen. Das war nicht gut gelaufen, denn nach wenigen Stunden war er eingeschlafen, und am Morgen war noch mehr Essen verschwunden gewesen. In der darauffolgenden Nacht hatte seine Mutter einen Versuch unternommen, aber sie war noch früher eingeschlafen als der Vater.

»Ihr müsst doch nicht gleichzeitig wach sein«, stöhnte Simona. »Jetzt denkt doch mal nach. Erst ist Aladdin die erste Hälfte der Nacht wach, dann ist Billie dran. Oder umgekehrt.«

Billie sah nicht so aus, als wäre sie besonders scharf darauf, die halbe Nacht allein in Aladdins Wasserturm zu wachen. Und Aladdin auch nicht.

»Und wenn wir die Nacht durch drei teilen?«, fragte Simona. »Ich könnte doch auch dabei sein.«

Nach dem, was sich eben in Mats' Garten zugetragen hatte, war Aladdin unsicher, ob er Simonas Idee so gut fand. Was, wenn dann wieder alles schiefging?

»Wir könnten Trillerpfeifen benutzen«, sagte Billie nachdenklich. »Derjenige, der wach ist, hat immer eine Trillerpfeife um den Hals. Wenn jemand kommt, bläst er rein.«

»Und was sagen wir meinen Eltern?«, fragte Aladdin.

»Die müssen das doch gar nicht wissen«, sagte Simona leichthin. »Sag einfach, dass Billie und ich bei dir übernachten wollen.«

Das war wirklich keine schlechte Idee, denn sie hatten schon länger vorgehabt, dass Billie und Simona einmal bei Aladdin übernachteten, es war nur noch nichts daraus geworden.

»Okay«, sagte Aladdin. »Aber nicht heute. Wir sehen mal, ob in der kommenden Woche noch mehr Essen verschwindet, und wenn das so ist, dann versuchen wir, eine Nacht lang Wache zu halten.«

»Toll!«, sagte Simona. »Oder ich meine, nicht toll, natürlich, aber spannend.«

Billie lachte über sie, Aladdin aber war nicht zum Lachen zumute. Er hoffte nur, dass es mit den Diebstählen ein Ende haben würde, denn er hatte keine Lust, weder eine ganze noch eine halbe Nacht wach zu sein.

»Übrigens habe ich noch über etwas anderes nachgedacht«, sagte Billie. »Ist eigentlich früher schon mal Essen verschwunden?«

»Wie meinst du das?«, fragte Aladdin.

»Nun, es scheint doch so, als hätte das erst ungefähr vor zwei Wochen angefangen. Oder gab es das schon früher mal?«

»Nein«, sagte er. »Aber das ist doch seltsam. Warum hat der Dieb nicht vorher die Gelegenheit genutzt, als wir noch nicht hier wohnten?«

Aladdin versuchte, sich zu erinnern, wie lange Mats schon im Restaurant arbeitete. Das waren sicher mehrere Jahre. Warum hatte er noch nie zuvor Essen gestohlen?

Vielleicht hatten seine Eltern doch recht, wenn sie annahmen, dass der Junge, den Aladdin gesehen hatte, ein Flüchtlingskind war und dass er der Dieb war. Das mit dem verschwundenen Essen hatte ungefähr zur gleichen Zeit angefangen, zu der das Schiff aufgetaucht war.

»Warum bist du eigentlich um das Haus von Mats rumgegangen?«, fragte er Simona.

»Ich wollte durch die Fenster schauen, ob ich ihn vielleicht sehe.«

Billie geriet der Saft in die falsche Kehle.

»Du bist doch verrückt«, sagte sie zu Simona.

»Hast du was gesehen?«, fragte Aladdin.

Simona wickelte sich eine ihrer langen Haarlocken um den Finger.

»Nee, nichts«, sagte sie. »Nur zwei Kinder.«

Nun war Aladdin dran, zu husten.

»Was für Kinder?«, fragte er.

»Woher soll ich das wissen?«, fragte Simona. »Sie sahen aus wie ganz gewöhnliche Kinder.«

Aladdin schüttelte den Kopf.

»Aber das kann nicht sein«, sagte er. »Mats hat keine Kinder.«

»Es müssen doch nicht seine sein«, wandte Simona ein. »Vielleicht sind sie nur zu Besuch da.«

Aladdin dachte angestrengt nach.

»Hast du auch irgendwelche Erwachsene im Haus gesehen?«

»Nein, nur die Kinder«, sagte Simona.

»Wie alt waren sie denn?«, fragte Billie.

Simona legte den Kopf schief und dachte nach.

»So wie wir vielleicht«, sagte sie.

»Und haben sie ferngesehen oder was haben sie gemacht?«, fragte Aladdin.

»Das weiß ich nicht«, meinte Simona. »Es war schwer zu erkennen, denn in dem Zimmer, in dem sie saßen, war es total dunkel.«

»Dunkel?«, echote Billie.

»Ich habe sie durch eines der Kellerfenster gesehen«, erklärte Simona. »Es sah aus, als würden sie auf dem Fußboden sitzen und irgendwas machen. Essen oder so.«

Sie streckte sich nach einem weiteren Keks.

»Ich habe nicht so viel darüber nachgedacht, was sie gemacht haben. Aber ich weiß noch, dass sie irgendwie anders aussahen. Ihre Kleider waren nicht so wie unsere.«

»Wie dann?«, fragte Aladdin.

»Die Kleider sahen alt aus«, meinte Simona. »So wie von irgendeinem Verwandten geerbt.«

Aladdin saß schweigend da und dachte nach. Es gab also zwei Kinder zu Hause bei Mats. Zwei Kinder, von denen er niemals sprach und die seltsame Kleider anhatten. Doch am meisten wunderte sich Aladdin, dass sie in einem halbdunklen Kellerzimmer saßen. Das sah doch so aus, als würden sie sich verstecken.

7.

Das Restaurant war voll besetzt, als Aladdin zum Wasserturm zurückkehrte. Normalerweise kamen die Gäste erst später am Tag, doch jetzt, da Winter war, schienen die Leute schon am Nachmittag ihr Abendessen einnehmen zu wollen. Er konnte nicht begreifen, wieso das Restaurant schlecht laufen sollte, es war doch immer voller Gäste.

Aladdin musste an die Kinder denken, die Simona im Keller bei Mats gesehen hatte. Aber am meisten beschäftigte ihn, dass Mats gelogen hatte, er war nämlich ganz und gar nicht, wie er behauptet hatte, bei seiner Mutter gewesen. Die Frage war nur, ob es so schlau war, das gleich seinen Eltern zu erzählen, denen würde es nämlich gar nicht gefallen, dass Aladdin herumspionierte. Wahrscheinlich war es am besten, noch eine Weile über das, was sie getan hatten, Stillschweigen zu bewahren.

Aladdin schlich in die Küche hinauf.

Seine Eltern bemerkten ihn nicht, als er die Tür aufschob, denn sie waren dabei, etwas zu diskutieren. Beide sahen verärgert aus.

»Ich finde, das ist eine sehr schlechte Idee«, sagte Aladdins Mutter mit einer ganz unbekannten Stimme.

»Dann denk dir etwas Besseres aus!«, entgegnete sein Vater.

»Das habe ich bereits getan. Ich will, dass wir hierbleiben und weiterkämpfen. Wir sind schließlich nicht die Einzigen in diesem Land, die gerade wirtschaftliche Probleme haben. Und wir werden es ganz sicher nicht leichter haben, wenn wir in die Türkei zurückgehen.«

Aladdin war so schockiert, dass er alles andere vergaß, denn das, war er hier hörte, war ja noch fünfzigmal schlimmer. Zurück in die Türkei! Aladdin meinte, sich verhört zu haben. Nie im Leben würde er Åhus verlassen.

Sein Vater streckte eine Hand aus und strich seiner Mutter über den Arm. Jetzt sahen die beiden plötzlich traurig aus.

»Ich sage ja nur, dass es eine Alternative ist, die wir in Betracht ziehen müssen«, sagte er mit ruhigerer Stimme. »Wir müssen realistisch sein. Schließlich müssen wir auch an Aladdin denken.«

Zum Glück! Es war wenigstens nichts entschieden. Noch nicht.

Aladdin schlich schnell wieder aus der Küche, ehe die Eltern ihn entdeckten. Sein Herz pochte so heftig, dass es fast wehtat. War das Geld so knapp? Er konnte sich nicht erinnern, dass seine Eltern jemals zuvor darüber gesprochen hatten, in die Türkei zurück zu ziehen. Was sollten sie da auch anfangen? Schließlich waren sie weggezogen, weil es ihnen dort nicht gut ergangen war.

Aladdin trat schnell auf die Treppe hinaus und atmete ein paarmal tief durch. Er musste seine Eltern in Zukunft im Auge behalten, denn offensichtlich hatten sie ihm ganz schön was vorgelogen oder zumindest nicht die ganze Wahrheit erzählt.

Nachdem er sich beruhigt hatte, ging er wieder in die Küche und versuchte, so zu tun, als wäre er eben erst die Treppe hochgekommen.

Seine Mutter stand an der Arbeitsfläche und knetete einen Teig. Ihre Miene erhellte sich, als sie ihn erblickte.

»Hallo, mein Lieber, hattest du einen schönen Tag?«, fragte sie.

»Doch, schon«, erwiderte Aladdin.

Er stellte sich neben sie.

»Was willst du backen?«

»Das normale Brot zum Essen. Als wir heute Morgen hierherkamen, war es weg.«

Also mochte der Dieb auch das Brot gern.

Die Mutter legte einen Arm um Aladdin, sodass er Mehl auf den Pullover kriegte.

»Morgen werden wir etwas Lustiges machen«, versprach sie. »Wir alle drei.«

Sonntags war das Restaurant geschlossen, das fand Aladdin schön. Da war alles viel ruhiger.

Er hörte seine Mutter seufzen.

»Ach, wie dumm«, sagte sie. »Sieh nur, die Arbeitslampe ist ausgegangen. Kannst du in den Keller laufen und eine neue Glühbirne für mich holen?«

Am liebsten wäre Aladdin in sein Zimmer gegangen und hätte Modellflieger gebastelt.

»Reicht denn die Deckenlampe nicht?«, maulte er.

»Nicht, wenn ich backe«, sagte seine Mutter. »Ich muss doch sehen können, was ich in den Teig tue. Bitte, kannst du mir helfen?«

»Na klar«, sagte Aladdin widerwillig.

Seine Mutter strich ihm über die Wange, sodass er auch dort Mehl hatte.

»Das ist lieb von dir«, sagte sie.

»Mama!«

Sie lachte.

»Ein bisschen Mehl ist ja wohl nicht so schlimm.«

Aladdin wischte sich das Weiß von der Wange. Er fand Mehl im Gesicht nicht schön.

Als er gerade die Küche verlassen wollte, rief seine Mutter ihn zurück.

»Hast du den Jungen, von dem du erzählt hast, eigentlich noch mal gesehen?«, fragte sie.

Jetzt lachte sie nicht mehr.

Aladdin wand sich. Am liebsten wollte er gar nicht von dem Jungen reden. Wenn seine Mutter nun auch noch den Essensdieb erwähnte, dann müsste Aladdin vielleicht gestehen, dass er zusammen mit Billie und Simona bei Mats war.

»Nein«, antwortete er.

»Bist du sicher?«, fragte seine Mutter.

»Ja«, erwiderte Aladdin. »Seit heute Vormittag habe ich ihn nicht gesehen.«

»Du meinst, als du auf Socken rausgelaufen bist?«

Aladdin wurde rot und nickte.

Er schämte sich ein wenig, wenn er daran dachte, wie er im Schnee herumgelaufen war. Jetzt war es wohl wirklich das Beste, wenn er mal runterging und eine Glühbirne holte, ehe seine Mutter das Thema noch weiter ausdehnte.

Aladdin wollte eben gehen, als sein Blick auf die Zeitung fiel, die auf der Arbeitsfläche lag. Auf der ersten Seite stand etwas über das Flüchtlingsschiff. »Noch keine Lösung in Sicht«, lautete die Headline. Doch es war nicht dieser Artikel, der Aladdins Interesse auf sich zog, sondern der daneben.

»Das verschwundene Silber«, stand ganz oben.

Schnell las Aladdin weiter:

»Dieses Jahr ist es genau einhundert Jahre her, seit bei Schmied Larsson in Åhus der Blitz einschlug und das Silber gestohlen wurde. Wer es damals stahl, wird ein Rätsel bleiben, denn das Silber wurde niemals gefunden.«

Aladdin konnte nicht weiterlesen, weil sein Vater in die Küche kam.

»Leya, Tisch Nummer drei möchte Fisch und keine Fleischbällchen«, sagte er.

Er öffnete den Kühlschrank und steckte den Kopf hinein, und Aladdins Mutter ging, um ihm beim Suchen zu helfen. Nun sahen sie überhaupt nicht mehr verärgert aus, sondern standen beide vorm Kühlschrank und schubsten sich im Spaß gegenseitig weg. Aladdins Vater hatte ein ganz besonderes Lachen, wenn seine Mutter in der Nähe war. Billie hatte einmal gesagt, sie fände, Aladdins Eltern würden so verliebt wirken. Aladdin nahm einmal an, dass es gut war, wenn Erwachsene so lange verliebt sein konnten. Schließlich kannten sich seine Eltern schon seit Ewigkeiten.

Die beiden waren so beschäftigt, dass sie nicht merkten, wie Aladdin aus der Küche verschwand. Das mit dem Zurückgehen in die Türkei war bestimmt etwas, das sein Vater nur so dahingesagt hatte.

8.

Schnell lief Aladdin alle Treppen hinunter. An der Kellertür zögerte er. Er ging nicht gern allein in den Keller, aber was sollte er denn tun? Er konnte ja schlecht wieder in die Küche hinauflaufen und seine Mutter bitten, mit runterzukommen. Er war doch zu alt, um sich davor zu fürchten, allein in den Keller zu gehen.

Wie gefährlich konnte das auch schon sein?

Er öffnete die Kellertür und wollte gerade die Treppe hinuntergehen, als ihm einfiel, dass er die Taschenlampe vergessen hatte. Es gab natürlich eine Deckenleuchte im Keller, doch die ging manchmal von selbst aus. Sein Vater hatte schon versucht, sie zu reparieren, doch ohne Erfolg. Daher gingen sie nie ohne Taschenlampe in den Keller.

So ein Mist aber auch.

Musste er jetzt all die Treppen wieder hochlaufen?

Aladdin betrachtete die Deckenleuchte. Im Moment schien sie wunderbar zu funktionieren.

»Ich darf einfach nicht so ängstlich sein«, murmelte er vor sich hin.

Und dann ging er die letzten Stufen hinunter.

Wo lagen denn die vermaledeiten Glühbirnen? Der Kellerraum war riesig und Aladdin bewegte sich vorsichtig zwischen den vielen Sachen. Warum hoben seine Eltern eigentlich alles auf? War es nicht besser, das ganze Zeug wegzuwerfen oder jemandem zu geben, der es brauchen konnte? Es war doch unnötig, den ganzen Keller voller Sachen zu haben, die niemand mehr benutzte.

Außerdem war es im Keller viel dunkler, wenn der so mit Zeugs vollgestopft war.

Ich hol einfach nur die Glühbirne, dachte Aladdin, und dann laufe ich wieder rauf.

Er hob zwei große Kartons an, von denen er dachte, dass sie Glühbirnen enthielten, was sich allerdings als falsch erwies. Auch in den Säcken, die unter einem Regal auf dem Fußboden lagen, waren keine Glühbirnen.

Aladdin wollte gerade eine große Kiste wegheben, um vorwärtszukommen, als er plötzlich hinter sich ein

Geräusch hörte. Es klang, als wäre jemand auf der Treppe. Die Kiste entglitt ihm und er drehte sich blitzschnell um.

Niemand da.

»Hallo?«, fragte Aladdin.

Niemand antwortete.

Es war totenstill.

Aladdin bekam Angst. Wenn er nur diese blöde Glühbirne finden könnte, dann würde er sich beeilen, wieder in sein Zimmer zu kommen. Und dann würde er so schnell keinen Fuß mehr in diesen Keller setzen.

Er hob die Kiste aufs Neue an und stellte sie beiseite. Dann machte er ein paar Schritte vor und bugsierte noch einen weiteren Karton aus dem Weg. Seine Hände waren schweißnass und zitterten ein wenig.

Da. Hinter einem großen, auf dicken Holzbeinen stehenden Spiegel hing ein Wandregal, auf dem seine Mutter mehrere Kartons mit Glühbirnen deponiert hatte. Aladdin versuchte, sich an dem Spiegel vorbei zu strecken – zu dumm, er kam nicht hin. Also musste er den Spiegel verrücken.

Jetzt war Eile geboten, denn Aladdin war ganz sicher, sich nicht verhört zu haben. Es war jemand auf der Treppe gewesen und derjenige lungerte vielleicht immer noch im Keller herum.

Der Spiegel war groß und schwer und staubig. Aladdin stellte sich direkt davor, um den Rahmen des Glases besser packen zu können. Der Spiegel schurrte über den Boden, als er ihn verschob.

Endlich! Jetzt kam er an die Glühbirnen heran.

Und als er gerade einen der Kartons mit Glühbirnen vom Regal holen wollte, sah er zufällig in den Spiegel. Erst erblickte er nur sich selbst, doch dann schaute er noch einmal hin und ihm blieb fast das Herz stehen.

Hinter ihm stand der Junge in den kurzen Hosen.

Aladdin schrie auf.

Da ging die Deckenleuchte aus und alles wurde schwarz.

9.

Die Dunkelheit lag wie ein schwarzes Tuch vor Aladdins Augen. Er konnte überhaupt nichts sehen. Das einzige Geräusch, das er wahrnahm, waren seine eigenen gehetzten Atemzüge. Noch nie in seinem ganzen Leben hatte er solche Angst gehabt.

Aladdin stand mucksmäuschenstill im Keller. Er wartete und wartete. Bald würden Mama und Papa ihn vermissen und sich fragen, wo er wohl war. Wenn sie sich doch nur beeilen würden!

Von dem Jungen war kein Ton zu hören. Was machte der eigentlich? Stand einfach nur da und glotzte Aladdin an?

Er machte den Mund auf, um etwas zu sagen, doch die Angst schnürte ihm die Kehle zu. Leise versuchte er einen Huster, danach ging es besser.

»Was willst du?«, flüsterte er mit zitternder Stimme. »Wer bist du?«

Niemand antwortete.

»Ich weiß, dass du da bist«, sagte Aladdin, jetzt etwas lauter. »Ich hab dich im Spiegel gesehen.«

Er schlotterte am ganzen Leib, als er sich in der Dunkelheit umwandte. Von dem Jungen kam immer noch keine Antwort.

Wenn er doch nur die Taschenlampe mitgenommen hätte! Aladdin schluckte ein paarmal, er hatte einen Kloß im Hals, als müsste er gleich weinen. Dann versuchte er, beide Arme vorzustrecken. Vor ihm war es leer, da stand niemand.

Aladdin wagte nicht, sich in der Dunkelheit zu bewegen, aus Angst, über das ganze Zeugs zu stolpern und sich wehzutun. In dem Augenblick war am anderen Ende des Raums Lärm zu hören, sodass Aladdin das Herz stehen blieb. Der Junge musste etwas umgeworfen haben.

Im nächsten Moment blinkte die Deckenleuchte ein paarmal, knisterte und ging dann wieder an. Aladdin war so erleichtert, dass er sich erst mal setzen musste. Doch dann richtete er sich schnell wieder auf und sah sich um. Der Junge mit den kurzen Hosen war nicht mehr zu sehen.

Nun hatte Aladdin genug. Er nahm Anlauf und stürzte die Kellertreppe hinauf. Schnell wie er war, sah er nicht, dass schon jemand auf der Treppe stand.

Erschrocken schrie er auf, als er direkt gegen einen harten Körper lief.

»Aber, Aladdin, was machst du denn?«

Es war nur sein Vater.

Aladdin war so glücklich, ihn zu sehen, dass er ihm um den Hals fiel.

»Ich …«, stotterte er.

Er zögerte. Sollte er das erzählen? Vielleicht meinte sein Vater, er habe sich die Geschichte ausgedacht.

Der Vater strich ihm besorgt über den Rücken. Es war nicht gerade alltäglich, dass er von seinem Sohn so umarmt wurde.

»Komm, wir gehen runter und besprechen das«, sagte der Vater und schob Aladdin wieder in den Keller.

Da fühlte sich alles viel besser an, wenn das Licht eingeschaltet und der Vater dabei war. Aladdin sah sich gründlich um, doch von dem Jungen war nichts zu sehen.

»Ich glaube, ich habe den Jungen mit den kurzen Hosen gesehen«, sagte Aladdin. »Du weißt schon, den, den ich vorm Restaurant beobachtet habe.«

Der Vater zog die Augenbrauen hoch.

»Ehrlich?«, fragte er. »Aber deine Mutter hat doch den Turm heute schon durchsucht, und da hat sie den Jungen nicht gefunden. Ob er vielleicht später reingekommen ist?«

Aladdin fuhr zusammen.

»Du bist ja ganz weiß um die Nase«, sagte sein Vater besorgt. »Hast du dich so erschrocken?«

Aladdin wand sich ein wenig.

»Irgendwie war ich mehr erstaunt«, murmelte er.

Sein Vater verschränkte die Arme vor der Brust und fragte: »Wie sieht er denn aus? Ich habe keine Lust, dass der hier herumschleicht und jeden erschreckt.«

Aladdin dachte nach.

»Ernst«, sagte er. »Wenn ich ihn sehe, lacht er nie, sondern sieht eher verärgert aus. Außerdem hat er komische Kleider an.«

»Du meinst, er hat die falschen Sachen an, oder? Dass es zu kalt ist für kurze Hosen und Pullover?«

Aladdin versuchte, sich genauer zu erinnern, wie der Junge aussah. Heute hatte er keinen Pullover, sondern eine Jacke angehabt, doch Aladdin hatte noch etwas anderes an seinem Aussehen gestört.

»Nicht wirklich falsch«, erklärte er, »sondern es ist mehr, dass die Sachen alt aussehen. Die Kleider. Ich kenne niemanden, der so aussieht.«

Sein Vater nickte bedächtig und schien über etwas nachzudenken.

»Weißt du was«, sagte er dann, »wenn du den Jungen das nächste Mal siehst, dann lass ihn in Ruhe.«

Aladdin war erstaunt. Schließlich hatte nicht er Kontakt zu dem Jungen gesucht, sondern eher umgekehrt: Der Junge suchte Aladdin auf.

»Du musst wissen«, erklärte sein Vater, »ich fürchte, dass der Junge, den du da gesehen hast, es schwer hat. Vielleicht sogar sehr schwer. Es kann sein, dass er kein Essen und auch keine richtigen Kleider hat. Menschen, denen es nicht gut geht, machen manchmal dumme Sachen, und ich will nicht, dass du in Ärger gerätst. Deshalb sage ich, dass du dem Jungen lieber aus dem Weg gehen solltest. Es ist besser, wenn Mama und ich versuchen, ihm zu helfen.«

Wie denn?, dachte Aladdin. Und womit? Der Junge sagte doch nichts, sondern kam und ging nur, wie er wollte. Außerdem ärgerte es Aladdin, wenn er seinen Vater davon reden hörte, dass er dem Jungen helfen wollte. Vorhin noch hatte er davon gesprochen, dass sie möglicherweise wieder in die Türkei zurückgehen müssten, weil sie so wenig Geld hatten. Da konnten sie sich ja wohl kaum den Luxus leisten, dem Jungen mit den kurzen Hosen zu helfen.

Sein Vater sah sich um.

»Was wollte ich eigentlich hier unten?«, fragte er und fing an zu lachen.

Dann kratzte er sich an der Stirn, wie er es immer tat, wenn er nachdachte.

»Ja, genau!«, rief er. »Wir brauchen mehr Servietten. Sowie einer der Gäste aufsteht, kommen sofort neue.«

Aladdins Vater hatte seine Servietten binnen zwei Sekunden gefunden. Aladdin konnte nicht begreifen, wie seine Eltern in ihrem chaotischen Keller überhaupt jemals etwas wiederfanden.

»Wie schön, dass du dich heute mit Billie und Simona getroffen hast«, sagte sein Vater. »Es ist gut, dass du Freunde da hast, wenn Mama und ich so viel arbeiten müssen.«

Aladdins Eltern sprachen oft davon, dass sie ein schlechtes Gewissen hatten, weil er so häufig allein war. Einmal hatte seine Mutter auch gesagt, dass sie traurig sei, weil Aladdin keine Geschwister bekommen habe. Das fand er auch schade, denn dann hätte er immer Gesellschaft.

Doch andererseits hatte er in jedem Fall Gesellschaft. Billie hatte schließlich auch keine Geschwister, und wenn Aladdin eine Schwester brauchte, dann konnte sie das sein. So wie zum Beispiel heute Abend.

Sein Vater und er trugen die Glühbirne und die Servietten nach oben.

Aladdins Beine zitterten immer noch, wenn er daran dachte, wie viel Angst er in der Dunkelheit bekommen hatte. Als er allein in seinem Zimmer saß, musste er an das denken, was sein Vater gesagt hatte, dass er den Jungen in Ruhe lassen sollte. Aber das war nicht so leicht, wenn der andauernd wieder auftauchte.

Aladdin dachte über den Essensdieb nach. Wenn es nun wirklich Mats war, der klaute, dann würden seine Eltern bestimmt sehr enttäuscht sein und bestimmt auch ärgerlich. Und wenn es der Junge mit den kurzen Hosen war? Dann wären sie weniger verärgert.

Er setzte sich an seinen Schreibtisch und fing an, an einem seiner Modellflugzeuge zu arbeiten. Vielleicht konnte Billie ja vorbeikommen, um etwas mit ihm zu unternehmen. Sie konnten Essen aus dem Restaurant holen und vor dem Fernseher essen. Er legte das Flugzeug weg und holte das Telefon, aber Billie ging nicht ran. Typisch. Dann musste er eben einen anderen Freund anrufen.

Zum ersten Mal seit langer Zeit hatte Aladdin das Gefühl, nicht allein sein zu wollen. Das Einzige, woran er denken konnte, war, dass ihnen das Geld ausging und sein Vater in die Türkei zurückwollte. Das war doch unbegreiflich. Nicht einmal, wenn sein Vater es aus Versehen gesagt hatte. Aladdin musste sich einfach etwas ausdenken, um mehr Geld zu beschaffen, sonst würden sie Åhus womöglich verlassen müssen.

10.

Der Schnee begann zu schmelzen und wurde zu Matsch. Als Aladdin am Montag in die Schule gehen sollte, musste er erst einmal seine gelben Gummistiefel suchen. Es war unmöglich, nur mit normalen Winterschuhen zu gehen, denn die würden viel zu nass werden.

Aladdin konnte sich nicht erinnern, wann das letzte Mal an einem einzigen Wochenende so viel passiert war. Es kam ihm fast vor, als habe er das alles geträumt, und es fühlte sich richtig gut an, wieder zur Schule gehen zu können, sodass alles mal wieder etwas normaler wurde.

Als Aladdins Klasse versammelt war, erzählte ihnen ihre Lehrerin Åsa von dem neuen Thema, das sie jetzt bearbeiten sollten, und zwar ging es um den Ort, in dem sie wohnten: Åhus.

»Ihr wisst viel zu wenig über Åhus«, sagte Åsa, »das

geht nicht an. Es ist wichtig, dass man seinen Heimatort kennt.«

Jeder Schüler sollte einen Ort oder einen Menschen in Åhus auswählen, über den er mehr wissen wollte, erklärte Åsa ihnen, und dann sollten sie eine kurze Geschichte darüber schreiben.

»Und ich möchte, dass ihr eine kleine Präsentation für eure Klassenkameraden vorbereitet.«

Aladdin seufzte. Ihm wollte kein einziger Ort und kein Mensch in Åhus einfallen, über die er schreiben könnte.

»Muss es den Menschen jetzt geben, oder kann man auch jemanden aussuchen, der schon tot ist?«, fragte einer der Schüler.

»Man kann sehr gut auch über jemanden schreiben, der tot ist«, sagte Åsa.

Das half Aladdin kein bisschen weiter. Wenn er zu Hause war, würde er mit seinen Eltern darüber reden, die hatten vielleicht ein paar gute Ideen.

Und dann fiel ihm der Zeitungartikel wieder ein, den er entdeckt hatte. Worum ging es da noch? Irgendwelches altes Silber, das verschwunden war. Könnte er nicht darüber schreiben?

Die Lehrerin kam zu Aladdin.

»Du siehst sehr nachdenklich aus«, sagte sie.

Aladdin zögerte. Ob es wohl kindisch klang, wenn er sagte, er wolle über das Silber schreiben? Er hatte ja noch nicht mal den ganzen Artikel gelesen.

»Ja …«, sagte er zögerlich. »Ich bin irgendwie ein bisschen neugierig auf diese Silberschmiede. Die, von der das Silber verschwunden ist.«

Zu seinem Erstaunen strahlte die Lehrerin.

»Ja, aber das ist doch eine wunderbare Idee!«, sagte sie. »Noch dazu, wo du im Wasserturm wohnst.«

Aladdin hatte keine Ahnung, was Åsa meinte.

Sie runzelte die Stirn.

»Du meinst doch diese Silberschmiede, von der sie kürzlich im *Kristianstadsbladet* geschrieben haben, oder?«

»Genau«, bestätigte Aladdin jetzt mit festerer Stimme. »Die meinte ich. Aber ich habe es nicht geschafft, den Artikel ganz zu lesen.«

Die Lehrerin winkte ab.

»Kein Problem! Den suchen wir raus. Das wird super! Die Silberschmiede lag doch auf eurem Grundstück, ehe man den Wasserturm gebaut hat.«

»Auf unserem Grundstück?«, fragte Aladdin verblüfft.

»Ja, ganz genau. Aber das ist lange her. Der Schmied war sehr gut und die Leute in ganz Skåne wollten seine Silbersachen kaufen.«

Das hatte Aladdin nicht gewusst.

»Und was ist mit dem Schmied passiert?«, fragte er.

»Das musst du selbst herausfinden«, sagte Åsa.

»Aber ein bisschen was können Sie doch sagen, oder?«, bettelte Aladdin.

Die Lehrerin ging in die Hocke.

»Okay«, sagte sie, »eins kann ich erzählen, aber den Rest musst du selbst herausfinden – abgemacht?«

Aladdin nickte.

»Gut. Also, das war so. Der Schmied war, wie gesagt, sehr gut, doch eines Nachts, als er noch arbeitete, gab es ein Gewitter, und der Blitz schlug in eine der Fichten auf dem Grundstück des Schmieds ein. Der Baum fiel quer über die Werkstatt. Der Schmied schaffte es heraus, musste aber weglaufen, weil es so schlimm regnete. Als der Morgen kam und das Unwetter sich verzogen hatte, kehrte er zur Schmiede zurück. Er wollte den Schmuck und die Schalen retten, die er auf Lager hatte. Doch was meinst du, was passiert war?«

»Alles war weg?«, fragte Aladdin.

»Ganz genau«, erwiderte Åsa. »In der Nacht war jemand dagewesen und hatte alle Sachen gestohlen. Und der Schmied besaß nicht genug Geld, um neues Silber und neues Werkzeug zu kaufen. Er schwor sich selbst, denjenigen zu finden, der alle seine Sachen gestohlen hatte, doch das gelang ihm niemals.«

»Das heißt, man weiß nicht, wer der Dieb war?«, fragte Aladdin.

»Nein«, sagte Åsa. »Die Polizei hatte schon einen Verdacht, doch da das Diebesgut niemals gefunden wurde, konnte sie nichts tun.«

Die Lehrerin erhob sich.

»Den Rest der Geschichte musst du selbst rausfinden«, sagte sie.

Sie blinzelte ihm zu und ging, um einem seiner Klassenkameraden zu helfen.

Aladdin kriegte neue Energie und machte eine Liste der Dinge, die er herausfinden musste. Erst mal würde er den Zeitungsartikel lesen. Nach und nach nahm ein neuer Gedanke in Aladdins Kopf Gestalt an. Silber war nicht Gold, aber es war doch trotzdem eine Menge Geld wert, oder? Vielleicht würde dieses Schulprojekt noch von großem Nutzen sein.

11.

Etwas später am selben Tag traf sich Aladdin mit Billie am Hafen. Sie wollten nachsehen, ob der Fluss immer noch zugefroren war, doch das war er nicht. Das milde Wetter hatte das Eis zum Schmelzen gebracht.

»Wie schade«, sagte Billie. »Dabei wollte ich doch noch mal Schlittschuh laufen.«

Es war schon dunkel, obwohl es noch nicht einmal Abend war.

»Vielleicht gibt es ja zum Wochenende wieder neues Eis«, meinte Aladdin hoffnungsvoll.

Sie setzten sich auf eine der Bänke am Wasser und Aladdin erzählte von seiner neuen Aufgabe in der Schule. Er hatte Billie sogleich angerufen, als er aus der Schule gekommen war.

»Das ist ja cool, dass die Silberschmiede auf eurem Grundstück stand«, sagte sie. »Was wohl mit all dem Silber passiert ist, das der Dieb geklaut hat?«

Das wollte Aladdin auch nur zu gerne wissen.

Seine Mütze kratzte und er nahm sie ab. Etwas entfernt lag das Flüchtlingsschiff vertäut, und er fragte sich, wie es den Leuten, die dort wohnten, wohl ging. Er selbst war es gewohnt, auf Schiffen zu schlafen. Seine Eltern und er waren jeden Sommer in ihr Hausboot am Hafen umgezogen. Im nächsten Sommer würde das anders sein, denn nun war das Boot verkauft.

»Du bist so schweigsam«, sagte Billie.

Aladdin zog sich wieder die Mütze über den Kopf.

Sollte er Billie jetzt erzählen, worüber er sich Sorgen machte? Dass er seine Eltern belauscht hatte und nun fürchtete, Åhus verlassen zu müssen?

Er holte tief Luft und dann kamen die Worte ganz von selbst.

»Ich muss dir was erzählen«, sagte er. »Komm, wir gehen in die ›Zimtschnecke‹ und essen was.«

Die ›Zimtschnecke‹ war ein Café am Marktplatz von Åhus. Der Bäcker, dem es gehörte, lieferte auch das Brot an den ›Türken im Turm‹ und deshalb durfte Aladdin hier umsonst Kuchen essen.

Billie bestellte sich eine Zimtschnecke und Aladdin einen Schokoladenkuchen. Nachdem Aladdin dann erzählt hatte, was passiert war, brach Billie in Tränen aus.

»Wie furchtbar«, flüsterte sie.

Da musste auch Aladdin weinen. Ein paar Damen, die am Nebentisch saßen, schauten zu ihnen herüber, sodass die beiden sich beeilten, ihre Tränen abzuwischen.

»Mit der Türkei ist noch nichts fest«, sagte Aladdin und stocherte in seinem Kuchen herum. »Aber es ist schon so schrecklich, dass Papa überhaupt darüber nachdenkt. Ich wusste nicht … dass es uns so schlecht geht.«

»Haben sie denn nicht mit dir darüber geredet und dich mal gefragt, was du willst?«

Er schüttelte den Kopf.

»Das begreife ich nicht«, fuhr Billie fort. »Ich meine, seid ihr überhaupt Türken?«

Aladdin blinzelte.

»Was? Doch, das sind wir. Warum sollten wir das nicht sein?«

Billie senkte den Blick.

»Ihr wohnt schließlich seit Ewigkeiten in Åhus, da ist es ja wohl nicht selbstverständlich, dass man auch Türke ist.«

»Ich denke gar nicht so viel darüber nach, ob ich jetzt mehr Türke oder mehr Schwede bin«, sagte Aladdin. »Mir ist wichtig, wo ich leben will und wo ich mich zu

Hause fühle. Und zu Hause bin ich hier. Auch wenn wir Türkisch reden und türkische Verwandte haben.«

»Könntet ihr denn überhaupt zurückgehen? Ich dachte, dein Vater hätte ein Problem mit der Regierung oder so.«

»Das hat sich geändert. Deshalb können wir inzwischen auch in den Ferien in die Türkei fahren.«

Sie saßen eine Weile schweigend da.

»Ist eigentlich noch mehr Essen verschwunden?«, fragte Billie schließlich.

Ja, allerdings. Aladdin spürte, dass seine Eltern allmählich richtig ärgerlich wurden.

»Dann müssen wir machen, was Simona vorgeschlagen hat«, sagte Billie. »Wir müssen versuchen, eine Nacht lang Wache zu halten.«

»Hm«, brummte Aladdin und biss in seinen Kuchen.

Obwohl sie so traurig waren, musste Billie kichern.

»Wenn es nur nicht so wird wie neulich, als wir Mats bespitzelt haben«, sagte sie.

»Das war irgendwie nicht so toll«, meinte Aladdin.

»Ne, irgendwie nicht«, stimmte Billie zu und lachte wieder.

Dann wurde sie ernst.

»Es ist nicht gut, wenn Essen verschwindet«, sagte sie, »vor allem dann nicht, wenn ihr so wenig Geld habt, dass ihr vielleicht in die Türkei umziehen müsst. Wir müssen etwas unternehmen, und zwar schnell.«

»Ich weiß«, sagte Aladdin, »und ich habe auch eine Idee.«

Billies Augen wurden riesig.

»Erzähl!«, sagte sie.

Aladdin zögerte.

»Ich habe an das Silber gedacht, von dem ich vorhin erzählt habe.«

Billie sah erstaunt aus.

»Du meinst das, was aus der Schmiede verschwunden ist?«

»Ja.«

»Aber ist das nicht schon ewig lange weg?«, fragte sie leise.

»Doch«, meinte Aladdin.

Er hatte im Internet nach Informationen über die Silberschmiede gesucht, hatte aber leider nicht sonderlich viel gefunden, und auch der Artikel im *Kristianstadsbladet* war nicht sehr ergiebig gewesen. Das Silber war seit hundert Jahren verschwunden. Der Schmied hatte in jener Nacht, als der Blitz in die Fichte eingeschlagen war, besonders viel Silber in seiner Schmiede gehabt, weil er den Auftrag hatte, eine ganze Reihe neuer Silbergegenstände für die Kirche in Åhus zu fertigen.

Aladdin wusste nicht, wofür die Sachen gebraucht wurden, aber unter anderem sollte der Schmied eine neue Taufschale machen, in der dann die kleinen Babys vom Pfarrer getauft wurden.

Aladdin erzählte Billie, was er gelesen hatte.

»Oha«, sagte sie, »man könnte also sagen, dass der Dieb die Kirche bestohlen hat.«

»Ja, das könnte man«, sagte Aladdin. »Der Pfarrer und die anderen, die in der Kirche arbeiteten, haben geholfen, nach dem Silber zu suchen, es ist aber nie gefunden worden. Die Kirche hat sogar einen Finderlohn für den ausgeschrieben, der dafür sorgte, dass es wieder auftauchte, doch niemand meldete sich. Da das Silber nun weg war, wollte die Kirche schließlich das Geld von dem Schmied zurück, denn man hatte offensichtlich schon gezahlt. Doch der Schmied hatte kein Geld, das er ihnen hätte geben können.«

Billie nahm einen Bissen von ihrer Zimtschnecke.

»Vielleicht hat ja der Schmied selbst das Silber gestohlen«, meinte sie, »und hat sich das mit dem Dieb dann nur ausgedacht.«

»Das hat die Polizei offensichtlich zuerst auch geglaubt«, sagte Aladdin, »aber man konnte es nicht beweisen. Außerdem ist der Schmied schließlich arm und einsam hier in Åhus geblieben, und das hätte er doch sicher nicht gemacht, wenn er der Dieb gewesen wäre. Dann wäre er mit seinem Silber irgendwohin gezogen, hätte sich ein schönes Haus gekauft und jeden Tag Eis gegessen. Oder so.«

»Gab es denn noch einen Verdächtigen?«, fragte Billie.

»Ja«, sagte Aladdin, »aber nirgendwo steht, wie er hieß. Oder sie.«

»Ist ja auch egal«, meinte Billie, »denn er oder sie lebt ja auf keinen Fall mehr.«

Das war richtig. Aber Aladdin wüsste trotzdem zu gern, wen die Polizei in Verdacht gehabt hatte, das Silber gestohlen zu haben. Selbst wenn der Dieb tot war, könnte er doch Verwandte haben, die am Leben waren. Womöglich gab es in Åhus eine Familie, in deren Haus eine Menge gestohlenes Silber herumstand.

»Wir sollten mal mit jemandem von der Kirche reden.«

Aladdin grinste.

»Wir?«, fragte er.

»Ich will mitgehen«, sagte Billie.

»Hilfst du mir dann auch, eine Geschichte für die Schule zu schreiben?«, neckte Aladdin sie.

»Nie im Leben!«, rief Billie. »Ich will nur bei den lustigen Sachen mitmachen. Fakten aufspüren und so.«

Sie lachte.

»Oder was? Darf ich das etwa nicht?«

Aladdin freute sich. Billie war einfach seine allerbeste Freundin. Sie durfte ihm gern helfen, mehr über das verschwundene Silber herauszufinden. Wenn sie bloß nur in Aladdins Schule gehen wollte, dann wären sie in derselben Klasse und könnten so viel Spaß haben!

»Na klar darfst du«, sagte er.

Billie dachte nach und sagte dann entschieden:

»Wir machen es so, wie du sagst. Wir versuchen ganz ernsthaft, das Silber zu finden. Irgendwo muss es doch sein. Ich helfe dir dabei. Bestimmt ist es ganz viel Geld wert, und dann könnt ihr es vielleicht verkaufen und in Åhus bleiben.«

Aladdin hatte plötzlich, ohne zu wissen, warum, einen fetten Kloß im Hals.

»Es ist aber gar nicht sicher, ob wir das Silber behalten dürfen, wenn wir es finden«, sagte er heiser.

»Ach was, das wissen wir erst, wenn wir es gefunden haben«, sagte Billie und sah auf ihre Uhr. »Ich muss in einer Stunde zu Hause sein, da können wir vorher noch kurz bei der Kirche vorbeigehen. Wenn wir das wollen.«

»Das wollen wir!«, rief Aladdin und stand so schnell auf, dass sein Stuhl umfiel.

Er musste irgendwas unternehmen, um die Probleme seiner Eltern zu lösen. Das Silber zu finden, wäre ein guter Anfang.

Zur Kirche war es nicht weit. Sie plauderten und lachten, als sie über den Marktplatz gingen. Keiner von beiden sah den Jungen mit den kurzen grünen Hosen hinter einer Hausecke stehen. Er sah ihnen nach und nickte stumm, als er sie zur Kirche gehen sah. Als sie durch das Portal verschwunden waren, ging auch der Junge über den Marktplatz. Niemand bemerkte ihn, und niemand sah, wie er sich auf die Kirchenstufen setzte und wartete.

12.

In der Kirche war es warm. Aladdin und Billie zogen Mützen und Handschuhe aus und knöpften ihre Jacken auf. Sie waren vollkommen allein, nicht einmal der Pfarrer war zu sehen.

»Und was machen wir jetzt?«, fragte Billie.

»Wir gehen mal herum und gucken«, meinte Aladdin. »Irgendjemand muss doch da sein.«

Sie gingen um die Bänke herum zum Altar. Dort stand ein Klavier und Billie setzte sich auf den Hocker davor.

»Du kannst doch spielen, oder?«, sagte sie zu Aladdin.

»Ja, aber nicht jetzt.«

»Wieso denn nicht?«

»Weil das Klavier uns nicht gehört. Was ist, wenn jemand kommt?«

»Ach was«, meinte Billie und erhob sich von dem

Hocker. »Sieh es doch umgekehrt: Du musst spielen, damit vielleicht jemand kommt, der weiß, wo der Pfarrer gerade ist.«

Aladdin sah sich um. Keine Menschenseele war zu sehen und übrigens auch keine Gespenster.

Zögerlich setzte er sich ans Klavier.

»Und was soll ich spielen?«

»Irgendwas Schönes.«

Was Schönes. Also begann Aladdin ein Stück zu spielen, das sein Vater anlässlich der Hochzeit seiner Eltern komponiert und gespielt hatte.

Sowie er eine Taste anschlug, klang es unglaublich laut. Die Musik hallte in der leeren Kirche wider.

»Hilfe!«, sagte Aladdin und hörte sofort auf zu spielen.

Billie lachte.

»Spiel weiter«, sagte sie, »dann tanze ich.«

Aladdin gab nach, es würde ja sowieso niemand kommen.

Die Musik erfüllte die Kirche und die beiden ließen sich mitreißen.

Billie unternahm ein paar ulkige Tanzschritte um den Taufstein, und im Nu hatten die beiden so viel Spaß, dass sie ganz vergaßen, wo sie waren. Aladdin konnte mehrere Stücke auswendig und spielte immer weiter, während Billies Tanz immer ausgefeilter wurde. Schon bald stand sie auf der Kanzel und schlenkerte mit Armen und Beinen, sodass sie aussah wie ein Hampelmann.

Da ertönte eine dunkle Stimme:

»Na, hier ist ja richtig Leben in der Bude.«

Billie kriegte einen solchen Schreck, dass sie fast von der Kanzel fiel. Aladdin hörte augenblicklich auf zu spielen und stand auf.

Keiner von beiden hatte den Pfarrer aus einer Tür in der Ecke der Kirche kommen sehen. Zum Glück wirkte er nicht ärgerlich, sondern lächelte vielmehr.

»Du spielst aber wirklich schön«, sagte er zu Aladdin. »Du solltest mal herkommen, wenn wir Gottesdienst haben, und dann für uns spielen.« Er sah zu Billie. »Und vielleicht kannst du dazu tanzen.«

Billie wurde rot, und Aladdin hoffte sehr, dass der Pfarrer einen Witz machte. Nie im Leben würde er vor vielen Menschen spielen können.

»Wir haben niemanden gefunden«, sagte er, »ich meine, wir sind hergekommen, um mit Ihnen zu sprechen, haben Sie aber nicht finden können.«

»Und da habt ihr mal angefangen, Klavier zu spielen?«, meinte der Pfarrer. »Das habt ihr gut gemacht. Es sollten viel mehr Menschen hierherkommen und ein bisschen Freude verbreiten.«

Der Pfarrer sah von einem zum anderen.

»Du hast gesagt, dass ihr hierhergekommen seid, um mit mir zu reden«, sagte er. »Womit kann ich euch helfen?«

Das war nicht leicht zu erklären, aber Aladdin unternahm einen Versuch. Er erzählte von dem Schulprojekt und was er über den Silberschmied herausgefunden hatte.

»Aha«, sagte der Pfarrer. »Dann haben deine Eltern also den ›Türken im Turm‹. Ein ausgezeichnetes Lokal, ich bin oft dort.«

Billie kam von der Kanzel herunter und stellte sich neben Aladdin.

»Wissen Sie von dem Schmied?«, fragte sie.

»Ja, natürlich«, sagte der Pfarrer. »Über ihn gibt es viel zu erzählen. Der arme Mensch ist schwer geprüft worden.«

Mit einem Mal sah der Pfarrer unglücklich aus.

»Doch er war nicht der Einzige, der Probleme bekam, als das Silber verschwand. Ich nehme mal an, dass ihr schon gehört habt, dass noch ein anderer Mann hier im Ort beschuldigt wurde, der Dieb zu sein.«

Aladdin und Billie nickten. Sie wussten aber immer noch nicht, wer der Mann war.

»Das war ein ziemliches Durcheinander«, fuhr der

Pfarrer fort, »aber wisst ihr, jetzt habe ich keine Zeit, weiter mit euch darüber zu reden, denn ich muss eine Beerdigung vorbereiten. Könnt ihr nicht morgen zur selben Zeit wiederkommen?«

Das konnten sie durchaus. Auf dem Weg nach draußen warf Aladdin einen letzten Blick auf das Klavier und nahm sich vor, seine Klavierstücke zu üben.

Es hatte zu schneien begonnen. Große, schwere Flocken fielen vom Himmel und legten sich wie eine weiße Decke über die Erde. Aladdin kämpfte, um die Mütze auf den Kopf zu bekommen.

»Ich glaub, ich muss nach Hause«, sagte Billie.

»Ich auch«, meinte Aladdin.

Sie verabredeten sich für den nächsten Tag zur selben Zeit vor der Kirche. Billie winkte noch kurz und lief dann los. Aladdin ging in die andere Richtung.

Erst da erblickte er den Jungen auf den Kirchenstufen.

Aladdin blieb wie versteinert stehen. Kein Mensch war in der Nähe und Billie war schon über die Straße und in eine andere Gasse abgebogen.

Der Junge sah Aladdin schweigend an. Wirkte er nicht ein wenig verärgert? Aladdins Mund war wie ausgetrocknet vor Angst, und er wagte nicht, sich zu rühren.

Da stand der Junge auf und ging.

Aladdin zögerte. Er erinnerte sich nur zu gut, wie er sich im Keller gefürchtet hatte, und Angst hatte er auch jetzt. Schließlich aber überwog die Neugier. Aladdin setzte sich in Bewegung und lief dem Jungen nach. Der bog um eine Ecke der Kirche und verschwand in der Dunkelheit auf der Rückseite des Gebäudes.

Aladdin blieb mitten im Laufen stehen.

Finsternis. Genau wie im Keller.

Jetzt pochte sein Herz wieder laut und vernehmlich. Er hatte überhaupt keine Lust, auf einem finsteren Friedhof herumzurennen. Außerdem endete das doch immer auf dieselbe Weise, nämlich damit, dass der Junge verschwand und er ihn nicht finden konnte.

Langsam machte er kehrt. Erst als er wieder bei der Kirche war, bekam er das Gefühl, dass irgendetwas nicht stimmte. Aladdin stand allein im halb geschmolzenen Schnee und betrachtete die Treppe. Was war hier so komisch?

Schließlich erkannte er: Nirgends im Schnee waren Fußabdrücke von dem Jungen zu sehen. Nicht auf den Treppenstufen, auf denen er gesessen hatte, und nicht auf dem Weg um die Kirche. Aladdin wollte seinen Augen nicht trauen. Vorsichtig ging er hin und sah es sich aus der Nähe an. Er war so aufgeregt, dass er die Luft anhalten musste.

Seine eigenen Fußabdrücke waren problemlos zu erkennen.

Doch der Junge hatte keine Spur hinterlassen.

13.

An diesem Abend konnte Aladdin nur schwer einschlafen, denn er musste andauernd an den Jungen denken. Wie hatte er durch den Schnee laufen können, ohne Spuren zu hinterlassen?

Als es schon fast Mitternacht war, gab er auf und knipste die Lampe über seinem Bett an. Wenn er ein Weilchen las, würde er bestimmt einschlafen.

Da hörte er Geräusche draußen im Treppenhaus. Schritte.

Aladdin erstarrte.

Der Essensdieb war wieder da!

Er bekam solche Angst, dass er nicht einmal wagte, die Lampe wieder auszuschalten und sich hinzulegen. Er konnte nur noch denken, dass da auf der Treppe ein Dieb herumschlich und dass man die Tür zu seinem Zimmer nicht abschließen konnte. Seine Eltern hatten sich schon vor mehr als einer Stunde schlafen gelegt.

Wenn nun Aladdin etwas zustieß und sie ihn nicht hörten!

Er saß mucksmäuschenstill im Bett. Sein Herz pochte so heftig, dass es in seinen Ohren sauste.

Da hörte er eine leise Stimme aus dem Treppenhaus.

»Und ich war ganz sicher, dass ich vergessen hatte, die Haustür abzuschließen.«

Aladdin tat einen tiefen Seufzer der Erleichterung.

Das war die Stimme seines Vaters. Und schon bald waren noch mehr Schritte zu hören. Seine Mutter, natürlich.

»Psst, du weckst Aladdin«, flüsterte sie.

»Ach was«, erwiderte sein Vater, jetzt aber mit noch leiserer Stimme.

Dann hörte Aladdin wieder seinen Namen:

»Man merkt, dass Aladdin über irgendetwas nachgrübelt«, sagte seine Mutter.

»Wahrscheinlich ist es das Silber, das ihm zu Kopf gestiegen ist«, sagte der Vater.

So leise er konnte, stieg Aladdin aus seinem Bett und ging auf Zehenspitzen zur Tür.

»Es ist mehr als das«, hörte er seine Mutter sagen. »Ich musste an diesen Flüchtlingsjungen denken, der um den Wasserturm herumschleicht. Aladdin hat ihn seit mehreren Tagen nicht erwähnt. Vielleicht haben sie sich angefreundet und sehen sich jetzt öfter, und Aladdin will es nicht erzählen.«

Was? War sie verrückt geworden? Warum sollte Aladdin so ein Geheimnis haben?

»Na ja«, sagte sein Vater, »das ist doch egal. Er kann sich seine Freunde selbst aussuchen. Aber das klingt mir doch nicht nach Aladdin. Er hat doch sonst keine Geheimnisse vor uns.«

Es knarrte auf der Treppe, als Aladdins Mutter sich bewegte.

»Aber wir haben Geheimnisse vor ihm«, sagte sie.

Aladdins Magen verkrampfte sich vor Angst.

»Meinst du unsere finanziellen Probleme?«, fragte der Vater. »Aladdin begreift mehr, als wir denken. Außerdem haben wir doch offen darüber geredet. Zumindest ansatzweise.«

»Ich meine den Umzug in die Türkei«, sagte die Mutter. »Sollten wir darüber nicht mit ihm reden?«

Aladdin merkte, wie ihm eiskalt wurde. War das alles schon beschlossen? Konnten sie ihm das antun?

Doch die Antwort seines Vaters beruhigte ihn:

»Es ist doch noch nichts beschlossen und da beunruhigen wir ihn besser nicht unnötig. Außerdem dachte ich, du wolltest nicht umziehen. So klang es jedenfalls neulich.«

»Ich habe viel darüber nachgedacht«, erwiderte Aladdins Mutter gedehnt. »Du hast recht, dass es vielleicht einfacher für uns wäre, in einem der Touristenorte ein neues Restaurant zu eröffnen.«

Anscheinend gingen sie jetzt die Treppe hinauf.

»Aber wenn mein Herz entscheiden darf, dann würde ich lieber hier in Åhus bleiben«, ergänzte sie.

Es klang, als würde sie weinen, und Aladdin wurde ganz anders. Sollte er nicht einfach die Tür aufmachen und ihnen zeigen, dass er mitbekommen hatte, worüber sie sprachen?

Doch irgendetwas hielt ihn zurück. Während er sich von der Tür zurückzog, hörte er, wie sein Vater seine Mutter tröstete.

»Leya, wir müssen doch nicht morgen schon umziehen. Wir haben immer noch Zeit, unsere Lage zu verändern.«

Und so verschwanden sie die Treppe hinauf.

Aladdin ging zu seinem Bett zurück.

Er zog die Decke bis zum Kinn. Was für ein Glück, dass Billie nicht da war, denn dann hätten sie wieder beide weinen müssen. Papa meinte, dass sie noch Zeit hätten, hatte aber nicht gesagt, wie viel. Plötzlich hatte er das Gefühl, dass es noch viel dringender war, das verschwundene Silber zu finden.

Es muss einfach gelingen, dachte Aladdin, ganz gleich, ob das Silber tausend Jahre verschwunden war. Es muss um jeden Preis gefunden werden.

14.

Aladdin wusste nicht, wie, aber am Ende schlief er doch ein. Vielleicht fühlte es sich einfach gut an, von seiner Mutter zu hören, dass sie nicht wegziehen wollte. Als ob sie eine andere Wahl hätte.

Am nächsten Morgen war es wieder kalt, gerade so, als ob das Wetter sich nicht entscheiden könnte. Aladdins Mutter bestand darauf, dass er zwei Paar Handschuhe übereinander anzog. Dann lief er in die Schule.

Seine Lehrerin freute sich sehr, als sie hörte, dass Billie und er in der Kirche gewesen waren.

»Heute Nachmittag gehen wir noch einmal hin«, sagte er und reckte sich.

»Das ist ja spannend!«, sagte Åsa. »Übrigens habe ich noch etwas für dich.«

Sie ging zum Katheder und holte ein dünnes Buch.

»Hier«, sagte sie und reichte es Aladdin, der das Buch mit gerunzelter Stirn betrachtete.

»Wovon handelt es?«, fragte er.

»Von Silberschmieden in Schweden«, sagte sie. »Ich habe es gestern in der Bibliothek entdeckt. Dein Schmied kommt auch darin vor, nur falls du mehr über ihn wissen willst.«

Das Buch wog leicht in Aladdins Hand.

Ungeduldig, wie er war, wünschte er sich einfach nur, dass die Schule schnell zu Ende wäre und er zur Kirche eilen könnte. Doch der Schultag hatte noch zwei Stunden. Die Lehrerin hatte gesagt, die sollten sie nutzen, um an ihrem Åhus-Projekt zu arbeiten. Da konnte er genauso gut das Kapitel über den Schmied gleich lesen, dann verging die Zeit schneller.

Der Schmied war ein einsamer Mensch gewesen. Sein ganzes Leben lang hatte er in einem kleinen Haus nur einen Steinwurf von der Schmiede entfernt gewohnt. Er hatte keine Familie gehabt, die Arbeit war das Wichtigste in seinem Leben gewesen. In der Nacht, als der Blitz in die Fichte auf seinem Grundstück einschlug, ging alles zu Ende. Die Schmiede wurde zerstört und das Silber verschwand – so hatte es Aladdin ja auch schon gehört.

Doch seine Augen wurden immer größer, je weiter er las. In dem Buch stand nämlich, dass der Schmied, als er seine Arbeit verloren hatte, verrückt geworden sei.

Er war wütend auf alles und jeden und begann, sich den Leuten gegenüber schlecht zu benehmen. Am Ende hatten alle in Åhus Angst vor ihm, und da kam die Polizei und brachte ihn ins Irrenhaus. Ein Irrenhaus war offensichtlich ein Krankenhaus für Leute, die so komisch waren, dass sie sich selbst und anderen gefährlich werden konnten.

Danach hörte niemand mehr etwas von dem Schmied und er starb einige Jahre später im Irrenhaus. In dem Buch stand, dass man unter der Matratze seines Krankenbettes eine Menge Nachrichten gefunden habe.

Schnell holte Aladdin seinen Notizblock heraus. Er musste sich aufschreiben, was er den Pfarrer alles fragen wollte.

Solange Aladdin an der Geschichte über den Silberschmied arbeitete, war es leicht, nicht an andere, anstrengendere Sachen zu denken. Zum Beispiel, dass er nicht begriff, wie der Junge mit den kurzen Hosen durch den Schnee gehen konnte, ohne Spuren zu hinterlassen.

Ich habe mich getäuscht, dachte Aladdin. Es schneite und war dunkel, als wir aus der Kirche kamen, und ich habe mich getäuscht.

Dann schrieb er weiter in sein Notizbuch.

Sie trafen sich nach der Schule an den Treppenstufen. Die Kirche erhob sich wie ein dunkler, riesiger Schatten vor Aladdin und Billie. Aladdin spähte nach dem Jungen mit den kurzen Hosen aus, doch der war nirgends zu sehen.

»Nach wem hältst du Ausschau?«, fragte Billie.

»Nach niemandem«, sagte Aladdin.

Er mochte Billie nicht sagen, dass er den Jungen wieder gesehen hatte.

Stattdessen erzählte er, was er in dem Buch von Åsa gelesen hatte.

»Das ist toll«, sagte Billie. »Wir müssen einfach dieses Silber finden, und zwar schnell! Sonst müssen wir uns was anderes ausdenken, wie wir Geld verdienen können. Ist eigentlich noch mehr Essen verschwunden?«

»Nein«, sagte Aladdin. »Heute Nacht nicht.«

»Vielleicht hört es ja auf«, meinte Billie hoffnungsvoll.

»Vielleicht«, erwiderte Aladdin.

Billie grinste.

»Du weißt, was wir beschlossen haben. Wenn es nicht besser wird, dann helfen Simona und ich dir, den Dieb am Wochenende dingfest zu machen.«

Was man so Dieb nannte. Wenn es der Junge war, der das Essen nahm, dann war er eigentlich kein Dieb.

»Vielleicht ist es nicht mal ein richtiger Dieb«, meinte er.

»Doch, ganz bestimmt«, fand Billie.

»Nein, nicht wenn der, der das Essen nimmt, es tut, weil er hungrig ist.«

»Was soll denn das heißen? Man darf doch nicht stehlen, nur weil man hungrig ist.«

»Ach«, sagte Aladdin, »komm, lass uns reingehen.«

Er schob die Kirchentür auf und sie schlüpften in die Wärme. Den Notizblock mit seinen Fragen hatte Aladdin unter den Arm geklemmt. Am meisten beschäftigten ihn die Zettel aus dem Krankenhausbett des Schmieds.

»Orvar war es, der das Silber gestohlen hat«, hatte auf ihnen gestanden.

Doch wer war Orvar?

15.

»Orvar war der Erzfeind des Schmieds«, sagte der Pfarrer.

Sie saßen alle drei nebeneinander in der Mitte auf der Kirchenbank ganz vorn am Altar. Heute brannten Kerzen in den Haltern an den Wänden, und ihr Licht warf Schattenmuster auf die weißen Wände, die fast wie Gespenster wirkten.

Aladdin schauderte es.

»Ihr müsst wissen, dass Orvar und der Schmied in dasselbe Mädchen verliebt waren«, erklärte der Pfarrer. »Beide Männer buhlten mehrere Jahre um sie, bis sie sich schließlich entschied. Sie wollte den Schmied heiraten und nicht Orvar.«

»Aber in dem Buch stand, der Schmied sei alleinstehend gewesen«, wandte Aladdin ein.

»Das war er auch«, sagte der Pfarrer, »oder besser gesagt: Er wurde es. Seine Braut wurde in der Woche vor der Hochzeit krank, und sie starb, ehe die beiden heiraten konnten.«

»Wie furchtbar!«, rief Billie und bekam sofort feuchte Augen.

»Ja, das war furchtbar«, stimmte der Pfarrer zu. »Und es wurde sogar noch schlimmer, denn Orvar behauptete, das alles sei die Schuld des Schmieds gewesen. Wenn er sich nur richtig um das Mädchen gekümmert hätte, dann wäre es nie gestorben. Das war natürlich nur übles Gerede, denn das Mädchen starb an einer Lungenentzündung, und daran hatte der Schmied keine Schuld. Doch weder er noch Orvar kamen jemals darüber hinweg.«

»Also, und was passierte dann?«, fragte Aladdin ungeduldig.

»Der Schmied und Orvar wurden zu erbitterten Feinden«, sagte der Pfarrer. »Orvar fand ein anderes Mädchen, das er dann heiratete, der Schmied aber blieb allein. Nachdem die Schmiede ruiniert war, hatte er gar nichts mehr: keine Liebste und keine Arbeit. Da wurde er seelisch krank und kam ins Krankenhaus.«

Seelisch krank. Das klang wirklich übel.

»Gab es noch mehr Leute außer dem Schmied, die überzeugt davon waren, dass Orvar das Silber geklaut habe?«, fragte Billie.

»Oh ja«, sagte der Pfarrer. »Die Polizei war überzeugt davon, dass er der Dieb war, doch sie konnten es nie beweisen. Das Silber war fort und deshalb konnte man Orvar auch nicht ins Gefängnis stecken.«

»Obwohl es so klingt, als wäre das eine gerechte Strafe für ihn gewesen«, sagte Aladdin.

Ihn machte der Gedanke an Orvar wütend, der dem Schmied so sehr zugesetzt hatte.

Der Pfarrer legte Aladdin eine Hand auf die Schulter.

»Geh nicht zu hart mit Orvar ins Gericht«, sagte er. »Der hat auch sein Teil an Leid ertragen müssen.«

»Genau, wie er es verdient hat«, murmelte Aladdin.

Der Pfarrer machte ein trauriges Gesicht.

»Der Schmied verlor seine Werkstatt«, sagte er, »aber Orvar verlor seine ganze Familie. Wenn er wirklich der Silberdieb war, dann hat er eine furchtbare Strafe bekommen, und das, obwohl die Polizei gar nichts ausrichten konnte.«

»Was ist denn mit seiner Familie passiert?«, fragte Billie.

Doch Aladdin mischte sich ein, ehe der Pfarrer ihr antworten konnte.

»Was glauben Sie?«, fragte er. »Glauben Sie, dass Orvar der Dieb war?«

Der Pfarrer lachte.

»Wie könnte ich das wissen?«, fragte er. »Schließlich ist das alles sehr lange her.«

»Könnte es der Schmied selbst gewesen sein?«, fragte Billie.

Der Pfarrer senkte den Blick.

»Das genau wissen wir nicht«, sagte er. »Es gab ja niemals einen richtigen Beweis gegen Orvar, und es ist bekannt, dass der Schmied ihn hasste. Vielleicht hat er selbst das Silber genommen und versteckt, um dann seinen Feind beschuldigen und sein Leben zerstören zu können. Vielleicht war der Schmied auch schon, ohne dass jemand es gemerkt hatte, verrückt geworden, ehe das Silber verschwand. Die Menschen tun manchmal seltsame Dinge, wenn es ihnen nicht gut geht.«

Sie saßen schweigend da.

Aladdin versuchte zusammenzufassen, was sie von dem Pfarrer erfahren hatten.

Dem Silber waren sie damit nicht auf die Spur gekommen, doch schien es, als könnten sie sicher davon ausgehen, dass entweder Orvar oder der Schmied selbst der Dieb war.

Orvar oder der Schmied. Wie sollten sie das herauskriegen?

Dann fiel Aladdin die Frage ein, die Billie gestellt hatte, auf die sie aber keine Antwort bekommen hatte.

»Sie haben gesagt, Orvar habe seine ganze Familie verloren«, sagte er. »Wie kam es dazu?«

»Orvar heiratete eine Frau aus dem Nachbardorf«, sagte der Pfarrer. »Ich glaube, sie hieß Elvira. Orvar und sie bekamen zwei Söhne. Eines Tages schickte sie den Ältesten auf einen Botengang, doch er kam nie mehr heim, denn er verunglückte tödlich. Da wurde seine Mutter so traurig, dass sie Orvar verließ. Sie nahm den jüngsten Sohn mit und kehrte nie wieder zurück. Ich glaube, sie zog zu ihrer Mutter nach Kristianstad. Orvar wohnte von nun an allein mit seinem Hund in Åhus.«

Billie befingerte ein Gesangbuch, das in der Bank lag.

»Aber dann war er doch nicht völlig allein«, sagte sie, »ich meine, wenn er einen Hund hatte.«

»Das kann man natürlich so sehen«, stimmte der Pfarrer zu. »Aber wenn man einmal eine Frau und Kinder gehabt hat, fühlt sich, glaube ich, ein Hund nicht ganz gleichwertig an.«

Der Pfarrer streckte sich auf der harten Kirchenbank.

»Ja, ihr zwei«, sagte er, »ich fürchte, jetzt habe ich nicht mehr viel zu erzählen.«

»Gibt es vielleicht jemanden, der mehr über die polizeilichen Ermittlungen weiß?«, fragte Aladdin vorsichtig. »Vielleicht irgendein alter Polizist, der dabei war?«

»Nein, das glaube ich nicht«, erwiderte der Pfarrer und lächelte. »Dieser Mensch müsste ja heute mehr als hundert Jahre alt sein.«

Er stand auf, nur um sich gleich wieder hinzusetzen.

»Aber es gibt eine Person, mit der ihr reden könntet. Das ist eine ältere Dame, die bei den Gottesdiensten hier in der Kirche ehrenamtlich hilft. Sie heißt Elsa. Zum Beispiel kümmert sie sich um unser Archiv und würde euch sicher gern ein paar alte Bilder von dem Schmied und von Orvar zeigen. Was haltet ihr davon?«

Aladdin und Billie nickten eifrig.

Nur zu gern wollten sie das.

»Gut«, sagte der Pfarrer. »Ich kann sie anrufen und fragen, wann sie für euch Zeit hätte. Wie wäre das?«

»Supergut!«, rief Aladdin.

»Dann sagen wir mal so«, meinte der Pfarrer, »ich lasse von mir hören, wenn ich mit ihr gesprochen habe.«

Er erhob sich erneut und lächelte verschmitzt.

»Aber sie soll euch bloß mit ihren alten Geschichten keine Angst machen. Sie glaubt nämlich an Gespenster und an alle möglichen anderen seltsamen Dinge. Und wenn sie anfängt, von dem Silberjungen zu reden, dann müsst ihr mir versprechen, dass ihr einfach nicht hinhört, denn das ist nichts als Tratsch.«

»Der Silberjunge?«, echote Aladdin erstaunt.

»Das ist nur so eine alte Legende«, erwiderte der Pfarrer ausweichend.

»Worüber?«, beharrte Aladdin.

Der Pfarrer zögerte.

»Über ein anderes Kind, das auch gern das Silber gefunden hätte«, sagte er. »Ein Kind, das vor sehr langer Zeit gestorben ist.«

16.

Der Pfarrer rief noch am selben Abend an. Die alte Dame, mit der sie reden könnten, war unpässlich, wollte sich aber gern in der darauffolgenden Woche mit ihnen treffen. Das war etwas später, als Aladdin gehofft hatte, aber das ging nun nicht anders. Sie brauchten alle Hilfe, die sie kriegen konnten. Außerdem wollte Aladdin mehr über den Silberjungen erfahren.

Doch bald wurde er auf andere Gedanken gebracht, denn es verschwand wieder Essen aus der Küche. Seine Eltern sprachen darüber, eine Videokamera in der Küche zu installieren, doch das würde einige Zeit dauern, bis es so weit war, vielleicht noch eine ganze Woche.

Aladdin rief Billie und Simona an.

»Dann sehen wir uns dieses Wochenende«, entschied Simona. »Und zwar Freitagabend. Ich sage dir, dann werden wir dem Essensdiebstahl einen Riegel vorschieben.«

Sie klang, als wäre das die einfachste Sache der Welt, aber Aladdin war sich da nicht so sicher.

Trotzdem sehnte er den Freitag herbei. Seine Eltern arbeiteten ohne Unterlass, sodass er sie kaum sah. In gewisser Weise war das auch schön, denn dann hatten sie keine Zeit, einen Umzug in die Türkei zu planen.

Endlich ging auch diese Woche zu Ende und der Freitag kam. Während er auf Billie und Simona wartete, baute Aladdin noch ein Modellflugzeug fertig, dann ging er in den Keller, um Gästematratzen zu holen. Sowohl runter als auch rauf rannte er, aber diesmal wurde er in Frieden gelassen – niemand erschreckte ihn, als er im Kellerraum war.

»Wie gemütlich du alles machst«, lobte ihn seine Mutter, als sie an seinem Zimmer vorbeikam und sah, wie er die Betten richtete.

Sie sah müde aus.

»Das ist schön, dass du heute Abend Gesellschaft hast«, sagte sie noch, ehe sie weitereilte.

Aladdin erinnerte sich noch an die Zeit, als er klein war. Da hatten seine Eltern es vermieden, am Wochenende gleichzeitig zu arbeiten. Einer von beiden hatte immer frei und dachte sich Sachen aus, die er mit

Aladdin unternehmen konnte. Wenn er sich daran erinnerte, wurde er traurig. Es hatte sich doch einiges verändert, ohne dass er es gemerkt hatte.

Billie und Simona erschienen wie verabredet um sechs Uhr.

Simona hatte wie gewöhnlich einen großen Rucksack dabei und Billie schleppte eine Stofftasche voller Bücher. Was wollte sie denn mit denen machen? Dem Dieb über den Kopf hauen?

»Wann schlägt der Essensdieb denn immer zu?«, fragte sie.

»Wie soll ich das wissen?«, fragte Aladdin. »Dann hätten wir ihn ja schon vor ein paar Wochen ertappen können.«

»Stimmt«, seufzte Billie. »Ich habe mich nur gefragt, ob wir wirklich die ganze Nacht aufbleiben müssen.«

Sie holten sich Essen im Restaurant und aßen auf dem Sofa. Simona plauderte von irgendetwas Dummem, was ihr Vater gemacht hatte. Billie lachte, doch Aladdin hörte kaum zu. Er wollte einfach nur, dass die Stunden vergingen, damit sie ihren Plan ins Werk setzen konnten. Am Wochenende durfte er immer so lange aufbleiben, wie er wollte, doch seine Eltern würden trotzdem erstaunt sein, wenn sie sich überhaupt nicht schlafen legten, sondern die ganze Nacht wach blieben.

»Natürlich legen wir uns schlafen«, sagte Simona. »Sonst halten wir ja niemals durch.«

»Wo soll eigentlich derjenige, der Wache hält, sitzen?«, fragte Billie. »Oben im Restaurant?«

Das hatte Aladdin auch schon überlegt. Das Restaurant schloss um zehn Uhr. Um elf Uhr hatten seine Eltern dann in der Regel geputzt und gespült. Dann waren sie müde und gingen meist gleich schlafen.

»Wir müssen warten, bis Mama und Papa eingeschlafen sind«, sagte er. »Dann kann derjenige, der Wache hält, rauf ins Restaurant schleichen.«

Ob sie wohl wirklich wagen würden, es wie geplant durchzuziehen? Wer wollte schon stundenlang in einem dunklen Restaurant sitzen und auf einen Dieb warten?

Er sah Billie an, dass sie schon dasselbe gedacht hatte. Simona war wie immer furchtlos, aber Aladdin fragte sich, ob es ihr nicht auch anders ergehen würde, wenn sie erst einmal da in der Dunkelheit saß.

Dann hatte er eine Idee.

»Wir könnten alle da oben schlafen«, schlug er vor. »Wenn meine Eltern weg sind, nehmen wir unsere Matratzen mit ins Restaurant. Zwei schlafen und einer hält Wache, so ist keiner von uns allein.«

Simona spielte mit der Trillerpfeife, die sie mitgebracht hatte. Das war so eine Pfeife, wie sie an Schwimmwesten hängt, und sie war unglaublich laut.

»Außerdem hören wir dann ganz sicher, wenn jemand hier reinbläst«, sagte sie.

Das war richtig, denn es wäre natürlich übel, wenn derjenige, der allein war, in die Pfeife pustete und dann niemand kam.

»Wir müssen damit vorsichtig sein«, warnte Aladdin. »Auf keinen Fall dürfen wir sie blasen, ohne todsicher zu sein, dass der Dieb da ist. Wenn meine Eltern aufwachen und uns im Restaurant finden, werden sie superwütend sein.«

»Aber wenn der Dieb kommt, müssen wir sie doch wecken dürfen, oder?«, fragte Billie besorgt.

»Ja, das ist klar«, meinte Aladdin. »Aber nur dann.«

»Was machen wir denn, wenn kein Dieb kommt?«, fragte Simona.

»Dann müssen wir nur die Matratzen wieder runterschaffen, ehe Mama und Papa wach werden«, sagte Aladdin.

Er lehnte sich im Sofa zurück. Jetzt hatten sie einen anständigen Plan.

»Ich habe viel an die Kinder denken müssen, die da vielleicht bei Mats im Keller wohnen«, sagte Simona nach einer Weile.

Die hatte Aladdin ja völlig vergessen gehabt. Er hatte an so viel anderes denken müssen.

»Warum hast du an sie gedacht?«, fragte Billie.

Simona schüttelte den Kopf.

»Ich weiß nicht recht. Irgendwas war komisch, wie sie da auf dem Boden gesessen haben. Und mit ihren Kleidern. Ich frage mich, ob …«

»Ob was?«, hakte Aladdin nach.

»Ach, nichts«, sagte Simona. »Ich fand einfach nur, dass sie einsam aussahen. Aber egal. Jetzt werden wir den Dieb ertappen, der das Essen gestohlen hat.«

Ausgerechnet an diesem Abend hatte das Restaurant besonders lange geöffnet. Es war schon nach elf Uhr, als Aladdins Mutter kam, um ihnen Gute Nacht zu sagen.

»Ihr habt es wirklich gemütlich hier«, sagte sie, als sie sich in Aladdins Zimmer umschaute.

Alle drei hatten Schlafanzüge an und saßen in ihren Betten, gerade so, als würden sie sich jetzt schlafen legen.

»Hmm«, sagte Aladdin.

Seine Mutter küsste ihn, wie immer, wenn er schlafen sollte, auf die Stirn.

»Jetzt bleibt nicht mehr zu lange wach«, sagte sie.

Als sie ins Restaurant zurückgekehrt war, wurde es still in Aladdins Zimmer.

»Ich hoffe, sie sind bald mit dem Geschirrspülen fertig«, sagte Simona und gähnte. »Ich bin nämlich total müde.«

»Dann schlaf doch jetzt ein bisschen«, meinte Aladdin. »Billie und ich wecken dich, wenn es so weit ist. Du kriegst die erste Schicht.«

Und so kam es auch. Sie konnten erst sicher sein, dass Aladdins Eltern wirklich schliefen, als es schon fast zwölf Uhr war. Sicherheitshalber schlich Aladdin an ihre Schlafzimmertür und lauschte.

»Sie schlafen«, sagte er zu Billie, als er zurückkam.

Dann weckten sie Simona und gingen ins Restaurant. Es war nicht einfach, mit Matratze und Bettzeug die schmale Treppe hinaufzugehen. Zum ungefähr hundertsten Mal dachte Aladdin, dass es vielleicht doch keine gute Idee war, die ganze Nacht Wache zu halten. Wenn seine Eltern sie nun entdeckten! Oder wenn der Dieb wirklich kam. Der bloße Gedanke schon machte ihn ganz schwach.

Schließlich kamen sie oben an. Es war schwer, Platz für zwei Matratzen zu finden, und sie mussten mehrere Tische beiseiteschieben, damit es passte.

Irgendwie war es komisch, zwischen all den Möbeln auf dem Fußboden zu liegen.

»Wenn Papa nur nicht auf die Idee kommt, mitten in

der Nacht aufzustehen und die Küche zu kontrollieren«, flüsterte Aladdin.

»Keine Gefahr«, flüsterte Simona. »Hast du ihn nicht schnarchen hören, als wir an ihrem Schlafzimmer vorbei sind?«

»Du schläfst jetzt aber nicht ein, oder?«, sagte Aladdin zu ihr. »Wenn du müde wirst, musst du Billie oder mich wecken.«

»Klar, mach ich«, sagte Simona.

»Wen weckst du zuerst?«, fragte Billie und setzte sich auf.

»Dich«, erwiderte Simona. »Dann übernimmt Aladdin die letzte Schicht und kann entscheiden, wann wir wieder in sein Zimmer zurückgehen.«

Das klang nach einem guten Plan. Es war wichtig, dass sie aus dem Restaurant raus waren, ehe seine Eltern aufwachten.

»Du hast doch keine Angst, oder?«, zischte Simona Billie zu.

Aladdin sah Billie an. Sie war sehr blass.

»Nur ein bisschen«, flüsterte Billie und legte sich auf die Matratze.

Weil sie das Deckenlicht nicht anmachen wollten, hatten sie Taschenlampen dabei. Wenn die aus waren, war es dunkel im Raum, und das war gut. Denn dann würde der Dieb sie nicht hinter den ganzen Tischen auf dem Boden liegen sehen.

Sie beschlossen, dass derjenige, der wach blieb, in einer Ecke direkt an der Tür sitzen sollte. Nach einer Weile gewöhnten sich ihre Augen an die Dunkelheit, und sie konnten zumindest erkennen, wo die Möbel standen.

»Darf man die Lampe eingeschaltet lassen und lesen, wenn man Wache hält?«, fragte Billie.

»Nein, das geht nicht«, sagte Simona. »Dann sieht der Dieb doch, dass schon jemand im Restaurant ist.«

»Ja, stimmt«, meinte Billie.

Sie schloss fest die Augen und drehte sich auf der Matratze um. Simona nahm ihren Platz in der Ecke ein.

Aladdin lag noch lange wach und wälzte sich zwischen dem Bettzeug herum. War ja klar, dass er nicht einschlafen konnte, das alles hier war viel zu spannend.

Er schielte zu der anderen Matratze hinüber. Billie schlief schon und atmete tief. Aladdin seufzte. Von Simona war kein Laut zu hören. Sie war doch wohl nicht eingeschlafen?

Er setzte sich auf und sah in ihre Richtung. Sie war nicht zu sehen. Als er aufstand, sanken seine Füße in die Matratze ein. Da sah er sie. Sie saß mucksmäuschenstill, den Blick zu Treppe und Tür gewandt.

Beruhigt legte Aladdin sich wieder hin. Wenn er schon nicht schlafen konnte, dann musste er sich doch wenigstens ein bisschen ausruhen, sonst würde er seine Schicht nicht überstehen.

Kaum hatte er den Gedanken zu Ende gedacht, war er schon eingeschlafen.

17.

Aladdin schlief so tief, als wäre er zuvor tausend Stunden wach gewesen.

Billie rüttelte fest an ihm.

»Du bist dran«, flüsterte sie.

Sie war so müde, dass sie sich, kaum dass Aladdin aufstehen konnte, schon in sein Bett legte.

»Hast du etwas gesehen?«, wisperte er.

»Überhaupt nichts. Und Simona ging es genauso.«

»Aber du hast doch wohl nicht geschlafen, oder?«

Nun wurde Billie sauer.

»Natürlich nicht!«

Sie zögerte.

»Aber es ist ein blödes Gefühl, in der Dunkelheit allein zu sein. Es ist wirklich gut, dass wir beschlossen haben, alle im Restaurant zu schlafen, denn sonst hätte ich niemals hier Wache gehalten.«

Dann legte sie sich hin und schlief ein.

Aladdin setzte sich in die Ecke. Das Restaurant lag im obersten Stockwerk des Wasserturms und von hier konnte man über ganz Åhus sehen. Fast alle Häuser waren dunkel, und es schien, als würde der ganze Ort schlafen. Nur Aladdin nicht. Es war genau, wie Billie es gesagt hatte: Man fühlte sich einsam, obwohl man in Gesellschaft war.

Aladdin musste immer wieder an den Jungen in den kurzen Hosen denken. Was machte der eigentlich? Lief in die Häuser und versteckte sich bei den Leuten im Keller. Warum nur? Was wollte er? Begriff er denn nicht, dass man das nicht tat?

Aladdin rutschte ein Stück über den Boden, sodass er halb an der Wand lag. Alles war still und ruhig. Obwohl, nicht richtig still. Die ganze Zeit meinte er, Geräusche zu hören. Vom Kühlschrank in der Küche, vom Wind, der vorm Fenster pfiff. Aladdin zog die Knie hoch und schlang die Arme darum. Er wusste nicht, ob er sich wirklich wünschte, dass der Dieb käme. Die Trillerpfeife hing um seinen Hals. Wenn jemand auftauchte, dann würde er, so fest er konnte, reinblasen.

Obwohl er wach zu bleiben versuchte, merkte Aladdin doch, dass er immer müder wurde, und die Dunkelheit und die Stille taten ihren Teil dazu. Das Einzige, was ihn wach hielt, war die Angst. Doch er ertappte sich mehrmals selbst dabei, wie er die Augen schloss. Jedes Mal, wenn er ein Geräusch zu hören meinte, fuhr er hoch.

»Ich muss wach bleiben, muss wach bleiben«, flüsterte er leise. »Darf nicht einschlafen.«

Doch schließlich erlag er der Erschöpfung. Obwohl er gespannt wie ein Flitzebogen war, schlief Aladdin mit dem Kopf gegen die Wand gelehnt und der Trillerpfeife um den Hals ein.

Er träumte, dass er ein Geräusch hörte. Es war leise und auch nur kurz. Dann wieder. Immer noch schwach, aber es klang, als würde es sich nähern. Er meinte, es käme von der Treppe her. Doch, es kam von der Treppe. Ganz klar das Geräusch von Schritten.

Obwohl er schlief, griff er doch nach der Trillerpfeife.

Du musst jetzt aufwachen, dachte er. Aladdin, wach auf!

Die Schritte klangen so leicht, dass es unmöglich der große Mats sein konnte.

Aladdin wusste nicht, ob er träumte oder wach war, doch plötzlich wurde ihm eiskalt vor Angst.

Stand da nicht jemand in der Tür?

Aladdin blinzelte angestrengt.

Doch, da stand jemand.

Es war der Junge in den kurzen Hosen, der Aladdin lange betrachtete.

Er trug exakt dieselben Kleider wie bei den ersten beiden Malen, als Aladdin ihn gesehen hatte. Grüne kurze Hosen und einen gestreiften Pullover. Kniestrümpfe und Stiefel.

Der Junge sah zu Boden. Er wirkte traurig.

Aladdins Herz pochte.

Da sprach der Junge zum ersten Mal.

»Du musst mir helfen«, flüsterte er. »Du musst das Silber finden, das aus der Schmiede verschwunden ist.«

Aladdin starrte ihn nur an und bekam kein Wort heraus.

»Du musst das Silber finden«, flüsterte der Junge wieder. »Rede mit Ella, die weiß Bescheid.«

Und dann verschwand er ebenso schnell, wie er gekommen war.

Im nächsten Moment erwachte Aladdin mit einem Ruck. Simona stand neben ihm und boxte ihn.

»Du bist ja wohl der schlechteste Wachmann der Welt«, sagte sie sauer.

Billie lief zwischen den Matratzen herum und versuchte, alles einzusammeln.

»Wir müssen uns beeilen«, sagte sie. »Schnell runter, ehe deine Eltern wach werden.«

Aladdin wusste erst mal gar nicht, wo er war. Doch dann erinnerte er sich an ihre Aktion und kam schnell auf die Füße. Er hatte von dem Jungen geträumt. Was hatte er gesagt? Vom Silber hatte er geredet. Und von jemandem, der Ella hieß.

»Das Essen?«, murmelte er.

»Wir haben schon nachgesehen«, sagte Billie. »Alles noch da.«

Aladdin war erleichtert. Er schämte sich ganz schrecklich, weil er eingeschlafen war. Schweigend trugen sie die Matratzen und die Bettwäsche nach unten.

Aladdin musste immer wieder an seinen Traum denken. Seine Mutter sagte, man würde von Sachen träumen, die man gemacht oder an die man gedacht hätte. Da erschien es überhaupt nicht verwunderlich, dass Aladdin von dem Silber und dem Jungen mit den kurzen Hosen geträumt hatte.

Aber Ella. Warum hatte er von jemandem geträumt, der so hieß?

Und wieso kam ihm der Name so bekannt vor?

18.

Nach dem Frühstück gingen Billie und Simona.

»Ihr seht wirklich müde aus«, sagte Aladdins Mutter, als sie im Flur ihre Jacken anzogen. »Habt ihr nicht gut geschlafen?«

Sie sahen einander an und kicherten. Nein, sie hatten nicht gut geschlafen. Billie und Simona zogen Aladdin damit auf, dass er eingeschlafen war.

»Also, wir zwei haben jedenfalls nicht gut geschlafen«, sagte Simona.

Aladdin konnte dem nichts entgegensetzen. Er hatte sich einfach nicht wach halten können.

Von dem Traum aber, in dem der Junge mit den kurzen Hosen eine Stimme gehabt und Aladdin um Hilfe gebeten hatte, erzählte er nicht.

Er schüttelte den Kopf. Ein Traum war ein Traum und nichts anderes. Das Einzige, was ihn verwirrte, war, dass der Junge den Namen Ella genannt hatte.

Nachdem Billie und Simona den Wasserturm verlassen hatten, schloss er hinter ihnen ab. Normalerweise blieb die Haustür tagsüber offen, doch das wollte Aladdin jetzt nicht mehr.

Als er die Stufen zu seinem Zimmer hochstieg, fiel es ihm plötzlich ein: Ella war doch die alte Frau, die Billie und ihm geholfen hatte, als sie das Gespenst in Billies Haus gejagt hatten. Die alte Ella wohnte schon lange in Åhus. Nun war Aladdin richtig erleichtert. Es war gar kein Wunder, dass ausgerechnet Ella in seinem Traum aufgetaucht war, denn schließlich hatte Aladdin sich gefragt, ob der Junge vielleicht ein Geist war. Ella war eine richtige Märchentante und glaubte an Gespenster und unselige Geister.

Aladdin hatte sich gerade auf dem Sofa niedergelassen und sich eines seiner Modellflugzeuge vorgenommen, als seine Mutter reinkam.

»Stell dir vor, heute Nacht ist kein Essen verschwunden«, sagte sie.

»Das ist gut«, sagte Aladdin.

»Wer weiß, vielleicht sind die Essensdiebe jetzt satt«, sagte seine Mutter und zwinkerte ihm zu.

»Vielleicht«, erwiderte Aladdin.

In der vergangenen Woche war der Dieb fast jede Nacht da gewesen. Warum war er ausgerechnet in der

Nacht, als Aladdin mit seinen Freundinnen im Restaurant Wache gehalten hatte, nicht gekommen?

Oder war er vielleicht da gewesen und sie hatten ihn nicht bemerkt? Vielleicht war er gekommen, als Aladdin schlief, und war dann schnell wieder weggelaufen, als er merkte, dass er nicht allein war. Oder war der Junge mit den kurzen Hosen der Dieb? Hatte Aladdin doch nicht geträumt?

Jetzt kam auch Aladdins Vater.

»Vielleicht ändert sich jetzt ja etwas«, sagte er.

Aladdin betrachtete seine Eltern. Wie müde sie aussahen. Hatten sie in der vergangenen Woche besonders viel gearbeitet? Oder war es die Sorge ums Geld? Mit einem Mal fühlte er sich sehr allein. Warum erzählten sie ihm nicht, wie es ihnen ging? Es war so viel schlimmer, die ganze Zeit raten zu müssen.

»Ich finde, heute unternehmen wir etwas Lustiges«, sagte seine Mutter. »Wir alle drei zusammen. Was meint ihr? Wollen wir uns etwas ausdenken?«

Aladdin war so müde, dass er drauf und dran war, einzuschlafen. Er bemühte sich, fröhlich auszusehen, doch das geriet nicht sonderlich überzeugend.

»Aladdin, du bist doch wohl nicht krank?«, fragte sein Vater besorgt und legte ihm eine Hand auf die Stirn.

Aladdin drehte sich weg.

»Nein, natürlich nicht«, sagte er. »Ich möchte auch gern was Lustiges machen.«

»Wir können das Auto nehmen und runter nach Kivik fahren«, meinte seine Mutter. »Da gibt es einen herrlichen Schlittenhang.«

»Gute Idee!«, sagte sein Vater. »Dann können wir dort auch zu Mittag essen.«

Schlittenfahren war so ungefähr das Letzte, worauf Aladdin jetzt Lust hatte. Doch auf der anderen Seite wollte er liebend gern mal für eine Weile von Wasserturm und Restaurant wegkommen. Seinen Eltern musste es ebenso gehen, denn alle hatten es ganz eilig loszukommen, sodass sie kurz darauf schon im Auto saßen. Während seine Mutter vom Parkplatz fuhr, schaltete sein Vater das Radio ein. In den Nachrichten war die Rede vom Flüchtlingsschiff im Hafen.

»Das kann ich mir jetzt grade nicht anhören«, sagte Aladdins Vater und schaltete das Radio wieder ab.

Aladdin lehnte den Kopf an die Nackenstütze. Es würde nichts ausmachen, wenn er im Auto ein wenig ausruhte, dann war er wacher, wenn sie ankamen. Als sie auf die Straße einbogen, sah er automatisch zum Wasserturm zurück. Das Herz schlug ihm bis zum Hals: Auf der Treppe saß ein Junge mit Jacke und kurzen Hosen, der ihrem Auto lange nachsah. Aladdin wollte gerade seine Eltern darauf aufmerksam machen, als er etwas bemerkte, das ihn zum Schweigen brachte.

Der Junge auf der Treppe weinte.

Als sie aus Kivik nach Hause kamen, war es schon dunkel. Aladdins Eltern waren richtig fröhlich, sie plauderten und lachten, und auch Aladdin ging es besser. Es war ein schöner Tag gewesen.

Auf der Treppe war natürlich niemand, als sie aus dem Auto stiegen. Der Junge würde ja nicht länger bleiben als nötig. Zum Glück hatte Aladdin nichts zu seinen Eltern gesagt.

»Jetzt habe ich aber Hunger!«, rief seine Mutter und lief schnell zur Küche hinauf. »Heute Abend essen wir etwas Gutes.«

Aladdins Vater verschwand in den Keller, war aber schneller wieder da, als Aladdin seine Schuhe ausziehen konnte.

»Ha!«, sagte der Vater. »Komm mit, ich zeige dir was!«

Und er zerrte Aladdin fast in den Keller hinunter.

»Dass ich daran aber auch nicht schon früher gedacht habe!«

Er ging durch den Keller bis zur hinteren Wand. Dort war, halb hinter einem alten Bücherregal versteckt, eine Tür zu sehen. Aladdin konnte sich nicht erinnern, dass die ihm schon einmal aufgefallen wäre.

»Eine Feuerschutztür«, sagte sein Vater. »Ich habe immer gedacht, die sei so alt und verrostet, dass man sie nicht aufmachen könne, aber sieh nur, was passiert ist, als ich eben hier die Klinke drückte.«

Er zeigte es. Die Tür glitt auf.

»Glaubst du, dass der Dieb auf diesem Wege reingekommen ist?«, fragte Aladdin.

»Definitiv«, sagte sein Vater.

»Aber man kann die Tür ja nicht gerade weit aufmachen, weil das Bücherregal im Weg steht. Das muss dann auf jeden Fall ein sehr kleiner Dieb sein.«

»Das ist richtig«, sagte sein Vater. »Was meinst du? Würde der Junge, den du gesehen hast, durch diesen Spalt passen?«

Aladdin betrachtete die Türöffnung, durch die kalte Luft hereinfuhr und ihn zittern ließ.

Er nickte langsam.

»Ja, das glaube ich«, sagte er leise.

Warum hatte er plötzlich das Gefühl, den Jungen zu verraten? Weil er vielleicht einfach nur hungrig war?

»Gut«, sagte sein Vater, »dann werde ich dafür sorgen, dass diese Tür in Zukunft gut verschlossen ist.«

Er warf einen Blick auf Aladdin.

»Mach dir keine Sorgen um den Jungen«, sagte er. »Heute Abend stellen wir draußen eine Tüte mit Essen für ihn hin. Dann werden wir sehen, ob er sie nimmt oder ob es mit den nächtlichen Besuchen ganz einfach ein Ende hat.«

Das beruhigte Aladdin. Eine Tüte mit Essen klang gut.

Jetzt blieb nur noch abzuwarten, ob jemand sie abholte.

19.

Und so kam es. Das Essen, das Aladdins Vater auf die Treppe rausgestellt hatte, verschwand. Es musste der Junge mit den kurzen Hosen gewesen sein, der es genommen hatte, davon war jedenfalls Aladdins Mutter überzeugt. Sie beschlossen, ihm weiterhin Essen hinzustellen, zumindest solange die Flüchtlinge noch auf dem Schiff im Hafen wohnten.

In den Zeitungen wurde immer mehr über das Flüchtlingsschiff geschrieben. Die Leute äußerten allmählich ihren Ärger darüber, dass es so lange dort lag. Das konnte Aladdin nicht verstehen. Die Flüchtlinge taten doch nichts, sie saßen nur auf dem Boot und warteten darauf, in Schweden bleiben zu dürfen. In der Schule erfuhr er, dass die Flüchtlinge aus Syrien kamen. Seine Lehrerin Åsa erzählte, dass sie mit einem Lastwagen durch ganz Europa und dann mit dem Schiff über die Ostsee bis nach Åhus gefahren waren.

Sollten sie so weit gereist sein, um dann wieder nach Hause fahren zu müssen?

»So, ein Problem sind wir wenigstens los«, sagte sein Vater, als er am dritten Abend Essen rausstellte.

Dabei sah er Aladdins Mutter traurig an.

Aladdin dachte genauso. Natürlich war es gut, dass sie keinen Besuch vom Essensdieb mehr bekamen, aber das genügte nicht, um das Restaurant wieder in Schwung zu bringen. Das war Aladdin durchaus klar.

Montagabend rief der Pfarrer an. Der Dame, mit der sie sich treffen sollten, ging es wieder besser. Aladdin war erleichtert. Das Silber musste gefunden werden, und vielleicht wusste die Frau ja, wo es war. Der Pfarrer schlug vor, dass sie sich gleich am nächsten Tag im Café ›Zimtschnecke‹ treffen sollten. Die Frau würde, wie der Pfarrer es versprochen hatte, Fotos mitbringen. Das klang gut, dann würde Billie auch dabei sein können. Doch ehe er auflegte, fiel ihm noch etwas ein.

»Entschuldigung«, sagte er zu dem Pfarrer. »Wie hieß die Dame noch gleich? Elsa?«

»Nein, nicht Elsa«, sagte der Pfarrer, »so heißt unsere Kantorin, vielleicht habe ich das verwechselt. Die alte Dame heißt Ella.«

Aladdin ließ fast den Hörer fallen.

»Ella?«, flüsterte er.

»Genau«, erwiderte der Pfarrer. »Und sie war übrigens ganz sicher, dass sie dir und Billie schon einmal begegnet ist. Kann das sein?«

Aladdin schluckte.

»Ja, das kann durchaus sein«, sagte er leise.

Es würde genauso kommen, wie der Junge im Traum es gesagt hatte:

»Rede mit Ella. Die weiß Bescheid.«

Als Aladdin gerade glaubte, alles würde ein bisschen besser werden, wurde es sofort wieder schlechter. Sehr viel schlechter.

Er hatte eben die Zähne geputzt und wollte gerade schlafen gehen, als ihm auffiel, dass es an diesem Abend ungewöhnlich still im Turm war, ohne die üblichen Geräusche aus dem Restaurant.

Als er aus dem Badezimmer zurückkam, saß sein Vater auf seinem Bett und wartete auf ihn.

»Hallo«, sagte Aladdin erstaunt, »ist was passiert?«

Sein Vater lächelte, doch Aladdin sah, dass er besorgt war, was man auch daran merkte, dass er erst gar nicht auf Aladdins Frage antwortete, sondern sagte:

»Hattest du einen guten Tag in der Schule? Ich habe dich ja den ganzen Nachmittag noch gar nicht gesehen.«

Gerade so, als wäre Aladdin derjenige, der die ganze

Zeit beschäftigt war, seit er aus der Schule gekommen war.

»Wir haben viel an unserem Projekt gearbeitet. Ich habe an der Geschichte von dem verschwundenen Silber geschrieben«, berichtete er.

Sein Vater nickte, als würde er über das nachdenken, was Aladdin eben gesagt hatte.

»Das klingt aber gut«, sagte er dann.

Wie komisch seine Stimme klang!

»Ist irgendwas passiert?«, fragte Aladdin wieder und setzte sich neben ihn.

Der Vater strich sich übers Kinn. Das war kein gutes Zeichen, denn das tat er immer, wenn er wegen irgendetwas beunruhigt war.

»Ja«, sagte er und seufzte schwer. »Leider. Dein Großvater ist krank geworden und ich muss in die Türkei reisen. Schon heute Nacht. Ich fliege um Mitternacht von Kopenhagen.«

Aladdin wurde eiskalt vor Schreck. Seinen Großvater mochte er sehr.

»Wie krank ist er?«

Sein Vater sah traurig aus.

»Ich fürchte, es ist sehr schlimm.«

»Aber er ist doch noch nicht mal alt!«, rief Aladdin wütend.

Da musste sein Vater lächeln.

»In ein paar Wochen wird er einundachtzig. Das ist schon ziemlich alt, vor allem, wenn man so ein hartes Leben hatte wie er.«

Das wusste Aladdin natürlich, aber er wurde trotzdem traurig. Und wütend, ohne zu wissen, auf wen.

»Wann kommst du wieder?«, fragte er.

»Hoffentlich nächste Woche. Ich habe dafür gesorgt, dass Mama im Restaurant eine Hilfe hat, während ich weg bin.«

Aladdin setzte sich auf.

»Ich will mit«, sagte er.

»Das geht nicht«, erwiderte sein Vater. »Diesmal nicht. Du musst doch in die Schule.«

»Aber wenn Großvater stirbt ...«

Aladdin brach den Satz ab und das Weinen wurde zu einem harten Kloß in seiner Kehle.

»Ich verspreche, dass du nachkommen darfst, wenn es Großvater so schlecht geht, dass ich befürchten muss, er stirbt.«

Er strich Aladdin über den Rücken.

»Wenn Großmutter allein ist, dann darf sie zu uns ziehen«, sagte Aladdin leise.

Da merkte er, wie sein Vater erstarrte.

»Deine Großmutter liebt die Türkei viel zu sehr, als

dass sie hierher ziehen wollte. Außerdem wohnt ja der Rest unserer Familie und unserer Verwandtschaft dort und nicht hier. Aber es ist nett von dir, so zu denken.«

Dort und nicht hier. Warum musste das so ein großer Unterschied sein?

Sein Vater räusperte sich.

»Ja, und da ist noch eine Sache.«

Aladdin krümmte sich zusammen. Er ahnte, was jetzt kommen würde.

»Es geht um etwas, worüber deine Mutter und ich schon eine ganze Weile reden«, begann sein Vater vorsichtig, »dass es uns nicht mehr so gut geht wie bisher.«

Es war, als würden Aladdins Ohren versagen. Er hörte nicht, was sein Vater sagte. Auf dem Fußboden lag ein Buch. Aladdin konnte nicht aufhören, darauf zu starren. Papas Stimme redete weiter, aber Aladdin starrte nur auf das Buch. Er wollte nicht hören, was sein Vater sagte. Und er wollte nicht zugeben, dass er seine Eltern belauscht hatte.

Schließlich ging es nicht länger. Sein Vater hörte gar nicht auf zu reden.

»Deshalb haben Mama und ich darüber nachgedacht, ob es nicht gut für unsere Familie wäre, in die Türkei zurück zu ziehen«, sagte er. »Wir könnten das ja auf Probe machen und mal sehen, wie es sich anfühlt. Schweden ist doch immer noch da, für den Fall, dass wir es bereuen.«

Als Aladdin nichts erwiderte, redete sein Vater weiter.

»In dem Fall würden wir nicht nach Ankara ziehen, sondern in einen der Badeorte an der Küste. Du weißt doch, wie gerne die Schweden in der Türkei Urlaub machen. Da gibt es gute Möglichkeiten für uns, ein Restaurant und ein Hotel zu eröffnen. Das wäre ein richtiges … Abenteuer. Für die ganze Familie.«

Endlich konnte Aladdin den Blick von dem Buch auf dem Boden abwenden.

»Ich will kein Abenteuer«, sagte er. »Ich will hierbleiben.«

Nun musste sein Vater den Blick abwenden.

»Das verstehe ich auch«, sagte er mit leiser Stimme. »Aber wir müssen ein gutes Leben führen können, Aladdin. Wir alle drei. Und hier …«

Er machte eine müde Geste mit der Hand.

»Die Dinge verändern sich hier. Åhus und die Leute, die hier wohnen, haben sich verändert. Was ist nicht für ein Theater um dieses Flüchtlingsschiff gemacht worden, zum Beispiel.«

Aladdins Augen wurden immer größer.

»Aber das Flüchtlingsschiff hat ja wohl nichts mit uns zu tun«, sagte er.

»In gewisser Weise schon«, sagte sein Vater. »Viele von denen, die hier wohnen, haben sich empört und finden, dass die Menschen auf dem Boot wieder nach Hause fahren sollten. Und wieder andere, so wie du und ich, stellen Essen für sie vor die Tür.«

Aladdin richtete sich auf.

»Aber in dem Fall müssen wir doch unbedingt hierbleiben. Es können doch nicht alle, die teilen wollen, abhauen!«

Sein Vater lachte.

»Darüber reden wir später noch mal. Jetzt muss ich schnell packen.«

Er stand auf und ließ Aladdin allein in seinem Zimmer zurück.

Ich werde niemals hier wegziehen, dachte Aladdin. Niemals!

Und dann gelobte er sich selbst, dass er mit allen Kräften darum kämpfen würde, in Åhus bleiben zu können.

20.

Der Wasserturm wirkte leer ohne Aladdins Vater. Seine Mutter und ein Freund der Familie kümmerten sich um das Restaurant, während Aladdin wie immer zur Schule ging. Er sehnte den Nachmittag herbei, wo sie endlich Ella treffen würden. Langsam wurde es echt eilig, dieses Silber musste um jeden Preis gefunden werden. Wenn sie es nicht behalten könnten, dann würden sie vielleicht einen Finderlohn bekommen. Und die Zeitung würde sicher auch darüber schreiben, und dann würden noch mehr Leute kommen und beim ›Türken im Turm‹ essen wollen, und mehr Gäste bedeuteten mehr Geld.

In der Küche roch es nach Zimt, als Aladdin aus der Schule nach Hause kam. Seine Mutter rührte in einem großen Bottich mit Hackfleisch, Mats spülte Geschirr.

Seine Mutter sah angestrengt aus.

»Hat Papa angerufen?«, fragte Aladdin.

»Ja, er ist gut angekommen und lässt dich grüßen.«

»Wie geht es Großvater?«

»Schlecht. Aber zum Glück nicht ganz so schlecht, wie Großmutter es gesagt hat.«

Aladdin wusste nicht so richtig, was das bedeutete. Großvater war also krank, aber nicht furchtbar krank?

Er stellte sich ganz dicht zu seiner Mutter.

»Hat Papa noch mehr über einen Umzug in die Türkei gesagt?«

Seine Mutter sah beiseite.

»Nein«, sagte sie. »Aber Schätzchen, darüber kann ich jetzt gerade nicht reden.«

Sie nahm den Bottich mit Hackfleisch und ging zum Herd. Schweigend stand Aladdin hinter ihr. Wenn sie in die Türkei zurück ziehen würden, dann würden Mama und Papa vielleicht weniger arbeiten. An Tagen wie diesen wünschte sich Aladdin, seine Eltern hätten ganz gewöhnliche Jobs.

»Billie und ich werden heute eine Frau treffen, die was über das verschwundene Silber weiß«, sagte er. »Zum Abendessen bin ich zurück.«

»Das ist ja toll«, erwiderte seine Mutter.

»Hm. Wenn wir das Silber finden, kriegen wir vielleicht einen Finderlohn.«

»Total gemütlich.«

Er betrachtete seine Mutter, die mit dem Rücken zu ihm stand. Und was sollte jetzt total gemütlich sein? Hörte sie ihm überhaupt zu?

»Ich habe mir ein Zwergschwein gekauft«, sagte Aladdin.

Seine Mutter reagierte nicht.

»Das klingt ja spannend«, sagte sie. »Können wir morgen noch mal darüber reden?«

Aladdin antwortete nicht, sondern verließ die Küche und ging in sein Zimmer runter. Er wollte kein Schwein haben, wirklich nicht. Das Einzige, was er wollte, war, dass alles wieder so wurde wie früher.

Die Köpmannagatan war fast wie ausgestorben, als Billie und Aladdin in die ›Zimtschnecke‹ gingen. Manchmal dachte Aladdin, es wäre schon gut, wenn Åhus ein bisschen größer wäre, denn dann müssten nicht alle Geschäfte an einer einzigen Straße liegen.

Aladdin und Billie rutschten durch den Schnee. Es war lange her, dass sie Ella gesehen hatten. Aladdin erinnerte sich nur zu gut, wie es sich damals angefühlt hatte, im strömenden Regen zu ihr zu radeln. Ihre Katzen hatten Angst vor dem Gewitter gehabt und sich unter dem Tisch versteckt. Aladdin selbst hatte der ganze Besuch irgendwie Stress gemacht.

Als sie gerade mitten auf der Einkaufsstraße angelangt waren, hörten sie ein Martinshorn, und dann kamen schon zwei Streifenwagen in voller Fahrt an ihnen vorbeigefahren.

»Wo die wohl hinwollen?«, fragte Billie und sah den Autos nach.

Ein Mann, der wie sie auf dem Bürgersteig stand, hörte, was sie sagte.

»Angeblich brennt es auf dem Flüchtlingsschiff«, sagte er.

Aladdin und Billie hielten inne.

»Müsste dann nicht die Feuerwehr kommen?«, fragte Aladdin.

Im selben Augenblick hörten sie noch ein Martinshorn und sahen auch schon die großen roten Wagen herannahen. Aladdin hielt sich die Ohren zu.

»Wie grässlich«, sagte Billie, als die Feuerwehrautos Richtung Hafen verschwunden waren.

Aladdin war mehr neugierig als ängstlich.

»Komm, wir laufen hin!«, rief er und fing schon an, Richtung Hafen zu rennen.

»Aber wir haben nicht genug Zeit!«, rief Billie hinter ihm.

»Doch, wir müssen uns halt beeilen!«, antwortete Aladdin.

Es dauerte nicht lange, in den Hafen und zum Flüchtlingsschiff zu rennen.

Der Mann hatte recht gehabt. Aus dem Schiff stieg Rauch auf, aber es waren keine Flammen zu sehen. Am Kai standen ein paar Neugierige und sahen zu.

»Was ist denn passiert?«, fragte Aladdin ein Mädchen.

»Offenbar ist ein Heizofen kaputtgegangen und hat angefangen zu brennen. Aber es scheint nicht so schlimm zu sein. Keiner von denen auf dem Boot ist verletzt.«

Am Kai stand eine Gruppe Menschen allein. Aladdin nahm an, dass dies die Flüchtlinge waren.

Sie starrten mit traurig wirkenden Mienen in den Rauch. Wo sollten sie auch hin, wenn sie nicht mehr auf dem Schiff wohnen konnten?

Aladdin sah, dass auch ein paar Kinder dabei waren. Schnell kontrollierte er, ob eines von ihnen kurze Hosen anhatte, doch das war nicht so.

»Komm, wir gehen«, sagte Billie und zupfte ihn am Ärmel.

Sie gingen denselben Weg zur Köpmannagatan zurück. Der Schnee ließ alle Häuser und Gebäude gleich aussehen, und Aladdin fragte sich, wie das wohl war, wenn man noch nie Schnee gesehen hatte.

In der ›Zimtschnecke‹ war viel los und sie waren eine Viertelstunde zu spät.

»Hoffentlich ist sie noch nicht gegangen«, sagte Aladdin.

Ella war wichtig für sie, ohne sie würden sie das Silber nicht finden, davon war Aladdin überzeugt.

21.

Ella war nicht gegangen, sondern hatte geduldig an einem der Ecktische gewartet und strahlte nun, als sie die beiden sah.

»Dass wir uns einmal wiedersehen!«, sagte sie.

Aladdin und Billie gaben ihr höflich die Hand und zogen sich dann jeder einen Stuhl heran.

»Setz dich nicht auf Erland, mein Lieber«, sagte Ella zu Aladdin.

Er sah erstaunt auf den Stuhl und erkannte, dass da ein Katzenkorb stand. Das musste Erland sein.

»Oh, Entschuldigung!«, sagte er. »Ich hab ihn gar nicht gesehen.«

»Das ist meine jüngste Katze«, erklärte Ella. »Noch ein kleines Baby, könnte man sagen. Deshalb durfte er auch mitkommen, er ist nicht gern allein.«

»Der ist aber hübsch«, sagte Billie, die in den Korb schaute.

»Und ihr seid ganz voller Schnee«, meinte Ella und nickte zu ihren Jacken. »Soll ich euch eine Tasse heiße Schokolade bestellen?«

Während Ella loszog, um die Schokolade zu holen, beugte sich Billie zu Aladdin hinüber.

»Wir müssen sie nach diesem Silberjungen fragen«, sagte sie, »von dem der Pfarrer gesagt hat, dass wir uns nicht drum scheren sollen.«

»Na klar«, sagte Aladdin. »Hoffentlich hat sie auch eine Menge Bilder dabei.«

Er sah erwartungsvoll zu einer riesigen Handtasche rüber, die Ella auf ihrem Stuhl zurückgelassen hatte. Um ehrlich zu sein, hatte er keine Ahnung, was er sich von Ella zu erfahren erhoffte. Er wünschte nur, dass sich durch sie eine neue Spur zu dem verschwundenen Silber und dem Dieb auftun würde.

Ella kehrte mit zwei Tassen zurück. Die Schokolade war so heiß, dass sie dampfte.

»Ihr beide habt wirklich ein Händchen dafür, euch das richtige Haus auszusuchen«, kicherte Ella. »Erst zieht Billie in das Spukhaus am Sparrisvägen und jetzt bist du, Aladdin, in das alte Haus vom Schmied eingezogen. Alle Achtung, das muss ich sagen.«

»Ich wohne überhaupt nicht in einem Spukhaus«, verteidigte sich Billie.

»Nicht?«, fragte Ella. »Dann hat die Lampe im Esszimmer also aufgehört, hin und her zu schwingen?«

Billie verstummte und nahm einen Schluck von der Schokolade.

»Was meinen Sie damit, dass ich in das Haus vom Schmied eingezogen sei?«, fragte Aladdin. »Der Wasserturm ist doch erst lange, nachdem die Schmiede schon abgebrannt war, gebaut worden.«

Ella rührte ihren Kaffee um.

»Das ist dem Silberjungen doch egal«, sagte sie. »Der Wasserturm ist auf dem Grund errichtet worden, auf dem die Schmiede lag. Also sucht er dort.«

»Der Silberjunge«, flüsterte Aladdin und wurde blass.

»Ganz genau«, erwiderte Ella und senkte die Stimme. »Der Silberjunge. Ein Junge in deinem Alter. Es würde mich wundern, wenn er nicht Kontakt zu dir suchen würde, er braucht nämlich deine Hilfe.«

»Wobei denn?«

»Natürlich, um das verschwundene Silber zu finden.«

Das hier fing gut an. Sie saßen noch kaum am Tisch, da redete Ella schon vom Silberjungen und vom Silber.

Es raschelte im Katzenkorb, als Erland sich streckte.

»Ich weiß nicht, wer der Silberjunge sein soll«, sagte Aladdin gedehnt.

»Das ist der Sohn von Orvar«, erklärte Ella.

Aladdin verbrannte sich an der heißen Schokolade und stellte rasch die Tasse weg.

»Orvars Sohn? Ist der nicht bei einem Unfall ums Leben gekommen?«, fragte er verwirrt.

»Ja, natürlich«, sagte Ella. »Natürlich.«

Dann beugte sie sich über den Tisch. Mit ihrem grauen Haar und den dunklen Augen sah sie aus wie Aladdins Großmutter. Ella zog an dem grünen Schal, den sie um die Schultern trug.

»Er ist gestorben, doch es heißt, er sei als Gespenst in Åhus geblieben, um seinem Vater Gesellschaft zu leisten, als dieser von seiner Frau verlassen wurde. Und um ihm zu helfen.«

Aladdin rief sich selbst noch mal ins Gedächtnis, dass er nicht an Gespenster glaubte. Eigentlich nicht. Doch Ellas Geschichte hatte etwas, das ihn magisch anzog und gebannt zuhören ließ.

»Womit helfen?«, fragte Billie mit leiser Stimme.

»Das verschwundene Silber zu finden.«

»Was wollte er denn damit?«, fragte Aladdin.

»Will, nicht wollte«, korrigierte Ella. »Das Silber ist niemals gefunden worden, und der Silberjunge sucht immer noch, um die Gerechtigkeit wiederherzustellen.«

Billie wand sich.

»Wieso wollen Sie wissen, dass es den Silberjungen noch gibt und dass er nach dem Silber sucht?«, fragte sie.

»Aus demselben Grund, aus dem ich auch eine Menge von dem wusste, was in deinem alten Haus passiert ist«, sagte Ella. »Ich wohne schon lange in Åhus, und ich kenne viele Leute, die so einiges gesehen und gehört haben. Der Silberjunge, den haben schon viele gesehen, vor allem um diese Jahreszeit.«

Aladdin seufzte.

»Aber wenn Orvar das Silber nicht gestohlen hat, wer war es dann?«

»Das weiß ich nicht«, sagte Ella. »Aber es muss ja nicht unbedingt jemand gewesen sein, der den Schmied nicht mochte. Diebe sind Diebe und manchmal stehlen sie Sachen. Vielleicht war es ja auch der Schmied selbst.«

Aladdin sah auf.

»Glauben Sie das? Könnte es der Schmied selbst gewesen sein?«

Ella zuckte mit den Schultern.

»Wer weiß?«, fragte sie. »Das war schließlich eine ausgezeichnete Chance, Orvar das Leben zur Hölle zu machen. Die ganze Sache mit dem Diebstahl kann auch einfach nur ein Racheakt gewesen sein.«

Das hier hatte Aladdin eigentlich nicht hören wollen, denn sie mussten schließlich herausbekommen, wer der Dieb gewesen war, sonst würde das Silber nie wieder ans Tageslicht kommen.

Es fühlte sich gelinde gesagt ziemlich frustrierend an, dass der Silberjunge hundert Jahre lang gesucht hatte, ohne das Silber zu finden. Wie sollten Billie und Aladdin es dann in nur ein paar Wochen finden?

22.

»Ah, ich sehe schon, jetzt habe ich euch enttäuscht«, sagte Ella. »Wollt ihr lieber ein paar Fotos ansehen?«

Sie machte die Handtasche auf und holte eine Pappschachtel heraus.

»Die habe ich auf dem Weg hierher aus dem Archiv der Kirche geholt«, sagte sie. »Ich hoffe, ich habe alle gefunden.«

Sie hob den Deckel und sah in die Schachtel.

»Jetzt wollen wir mal sehen«, sagte sie. »Hier habt ihr ein altes Bild vom Schmied.«

Sie reichte Aladdin eine Schwarz-Weiß-Fotografie.

»Ganz schön klein«, sagte Billie.

»Es gibt auch noch größere«, meinte Ella und gab ihnen ein anderes Bild.

Auf dem konnte man den Schmied deutlicher erkennen. Er blickte ernst in die Kamera.

»Dieses Foto ist drei Monate vor dem Brand in der

Schmiede gemacht worden«, sagte Ella. »Die Kirche hatte eben den Auftrag für die neuen Silbersachen erteilt und da ließ man auch den Schmied fotografieren.«

Aladdin fand, der Schmied sah alt aus. Es war, als würde er alte Fotos von seinen Großeltern anschauen. Darauf sahen sie immer alt aus, obwohl sie damals jung gewesen waren.

»Und hier habt ihr Orvar«, sagte Ella. »Dieses Foto ist auf der Beerdigung seines Sohnes gemacht worden. Die Frau auf dem Bild ist Orvars Frau, die ihn dann später verlassen hat. Rechts ist der Hund der Familie. Und der jüngere Sohn.«

Das war ein schreckliches Bild. Die Frau sah aus, als hätte sie mehrere Wochen hintereinander geweint. Sogar der Hund sah traurig aus. Den Mann konnte man nicht richtig sehen, er blickte von der Kamera weg.

»Netter Hund«, meinte Billie.

Das fand Aladdin auch.

»Und was für ein nettes Halsband er umhat«, sagte er und zeigte auf das Foto.

»Dieser Hund wurde Orvars bester Freund«, seufzte Ella. »Als ihm die Frau weggelaufen war, hatte er ja niemanden sonst mehr. Hier ist eine Nahaufnahme von ihm. Also von dem Hund.«

»Wieso hat denn die Kirche ein altes Foto von einem Hund?«, fragte Billie.

»Orvar hat den Hund manchmal als Wachhund an die Pfarrei ausgeliehen. Die Kinder vom Pfarrer liebten ihn.«

Hier sah man nur den Kopf des Hundes und das Halsband auf dem Bild. Er wirkte so, als sei er ein fröhlicher Hund.

»Und ich habe tatsächlich ein Foto von dem Mädchen gefunden, das sowohl Orvar als auch der Schmied heiraten wollten«, sagte Ella.

Sie zauberte ein weiteres Bild aus der Schachtel.

Aladdin konnte gut verstehen, dass sich Orvar und der Schmied um dieses Mädchen gestritten hatten. Sie war sehr süß und sah fast ein wenig wie Billie aus.

»Superschönes Kleid«, sagte Billie.

»Haben Sie nicht noch mehr Bilder von Orvar?«, fragte Aladdin. »Auf diesem traurigen Foto kann man gar nicht richtig erkennen, wie er aussah.«

»Doch, natürlich habe ich die«, sagte Ella. »Einen Moment.«

Sie warteten gern. Die ›Zimtschnecke‹ war ein gemütliches Lokal. Aladdin fing an zu überlegen, wo er selbst eine Menge Silber verstecken würde, wenn er es gestohlen hätte. Wahrscheinlich würde er es irgendwo vergraben. Oder verkaufen. Deshalb klaute man doch Sachen, um Geld zu kriegen.

Er merkte, wie ihn die Hoffnung verließ. Sie würden dieses Silber niemals finden.

»Hier«, sagte Ella, »hier habt ihr ein Bild von Orvar. Ich habe versucht, eins zu finden, auf dem sein Sohn, der Silberjunge, auch mit drauf ist, aber das gab es nicht.«

Sie reichte ihnen ein neues Bild.

Billie und Aladdin starrten auf das Foto. Keiner von beiden sagte einen Ton. Aladdins Herz pochte so heftig, dass er meinte, man müsse es von außen sehen können.

»Das kann ja wohl nicht wahr sein«, flüsterte Billie.

»Was denn?«, rief Ella. »Was kann nicht wahr sein?«

Doch sie erhielt keine Antwort.

Aladdin konnte den Blick nicht von der Fotografie wenden.

Auf diesem Foto schaute Orvar geradewegs in die Kamera. Und er sah ganz genauso aus wie einer, den Aladdin nur zu gut kannte.

Orvar sah genauso aus wie Mats vom Restaurant.

Billie war es, die Ella erzählte, warum sie beide so aufgeregt waren. Aladdin konnte kein Wort herausbringen.

»Das heißt, im Restaurant arbeitet ein Mann, der genauso aussieht wie Orvar?«, fragte Ella bedächtig.

»Ja!«, rief Aladdin.

Er spürte, dass sie hier etwas Wichtiges entdeckt hatten, das vielleicht erklären konnte, wie alles zusammenhing. Er wusste nur nicht wie.

»Dann muss dieser Mats der Urenkel von Orvar sein. Ich wusste wohl, dass es noch Verwandte von Orvar in Åhus gibt, hatte aber keine Ahnung, wer das sein könnte«, sagte Ella.

Aladdin versuchte zu begreifen, wie Mats mit Orvar verwandt sein konnte.

»Denk doch mal nach«, sagte Ella. »Orvar hatte schließlich zwei Söhne. Einer von ihnen, der Silberjunge, ist gestorben. Der andere ist mit seiner Mutter nach Kristianstad gezogen. Dieser Junge, also der aus Kristianstad, ist der Vater von Mats' Großvater.«

Aladdin rechnete zurück. Ja, das konnte stimmen.

»Vielleicht ist es aber auch nur Zufall, dass die beiden sich so ähnlich sehen«, sagte er, als er sich ein bisschen beruhigt hatte.

Er besah sich noch einmal das Foto.

»Glaube ich nicht«, meinte Billie. »Das sieht doch aus, als wäre es derselbe Mensch.«

»Wir müssen mit Mats reden«, sagte Aladdin.

»Warum das denn?«, fragte Billie. »Was willst du zu ihm sagen?«

»Ich weiß nicht«, gestand Aladdin. »Vielleicht weiß er irgendwas. Über Orvar. Ich meine, wenn sie verwandt sind.«

Auf der anderen Seite des Tisches seufzte Ella.

»Erwarte dir mal nicht zu viel«, warnte sie. »Wenn er seinem Urgroßvater ähnelt, dann ist er wahrscheinlich kein großer Redner. Orvar war bekannt dafür, dass er schlecht gelaunt war.«

Aladdin sah auf. Mats war auch für seine schlechte Laune bekannt.

»Dürfen wir das Foto mal ausleihen?«, bat er. »Ich hätte es gern dabei, wenn wir Mats treffen.«

Aladdin musste an den Traum denken, den er gehabt hatte, als sie im Restaurant geschlafen hatten. Als der Junge mit den kurzen Hosen gekommen war und ihn gebeten hatte, ihm bei der Suche nach dem Silber zu helfen.

»Rede mit Ella«, hatte der Junge gesagt.

Und nun saßen sie hier in der ›Zimtschnecke‹ und taten genau das. Sie redeten mit Ella. Aladdin begriff nicht, wie er etwas derart Seltsames hatte träumen können, das dann auch noch wahr wurde.

»Natürlich«, sagte Ella, »nimm das Foto. Du kannst

es dem Pfarrer ja zurückgeben, wenn du es nicht mehr brauchst.«

Aladdin schob das Foto in die Jackentasche.

»Sind Sie sicher, dass Sie kein Foto vom Silberjungen haben?«, fragte er leise.

Ella schüttelte bedauernd den Kopf.

»Leider nicht«, sagte sie. »Warum fragst du? Glaubst du, du hast ihn gesehen?«

Sie klang neugierig. Aladdin wand sich ein wenig.

»Natürlich nicht«, sagte er. »Ich glaube nicht an olle Gespenster.«

Aber er musste trotzdem darüber nachgrübeln. Der Junge mit den kurzen Hosen. Der kam und ging, wie er wollte. Der keine Spuren im Schnee hinterließ. Könnte das vielleicht …?

Ella lachte begeistert.

»Ach du«, sagte sie, »ich sehe sehr gut, dass du grübelst.«

Aladdin schluckte und wich ihrem Blick aus.

Wenn nur nicht der lächerliche Traum wäre, dann hätte Aladdin niemals gezweifelt. Doch jetzt musste er zumindest mal darüber nachdenken:

Konnte es sein, dass der Junge mit den kurzen Hosen der Silberjunge war?

23.

Kurz darauf standen Aladdin und Billie wieder vor der ›Zimtschnecke‹. Ella versprach ihnen, die Schachtel mit den Fotos beim Pfarrer zu deponieren, falls sie die noch einmal benötigen würden.

Aladdin sog die kühle Luft ein. Es war schon dunkel.

»Glaubst du, dass wir das Silber überhaupt je finden werden?«, fragte Billie.

Sie sah entmutigt aus.

»Ich glaube es«, sagte Aladdin leise. »Wenn wir es wirklich versuchen.«

»Aber was ist mit diesem Silberjungen?«, fragte Billie zögerlich. »Glaubst du auch an die Geschichte?«

Aladdin wusste nicht, was er glaubte.

»Der Silberjunge ist doch eigentlich egal«, meinte er. »Auf das Silber kommt es an.«

Billie nickte bedächtig.

»Ich denke, wir sollten mit Mats reden«, sagte Aladdin.

»Über das Silber?«

»Über Orvar. Und wenn wir es wagen, dann können wir ihn auch nach den Kindern in seinem Keller fragen.«

Billie sah skeptisch aus.

»Also …«, begann sie.

»Oder«, unterbrach Aladdin sie, »oder wir gehen noch mal zu ihm nach Hause und kucken, ob wir die Kinder irgendwo sehen. Ich weiß, dass er jetzt bei der Arbeit ist.«

Billie sah immer noch skeptisch aus, doch Aladdin war umso bestimmter.

»Das ist wirklich eine komische Sache«, sagte er. »Ist es nicht seltsam, dass Mats diesem Orvar so ähnlich sieht? Und außerdem will ich wissen, warum er zwei Kinder in seinem Keller hat.«

Er drehte sich um und ging los.

»Komm mit, wenn du willst«, sagte er zu Billie, »wenn nicht, gehe ich allein.«

Da bewegte sich auch Billie.

»Okay«, sagte sie, »ich komme mit. Aber erst müssen wir zur Bushaltestelle.«

Aladdin hielt inne.

»Wieso das denn?«

»Weil ich Simona versprochen habe, dass wir heute Abend was zusammen machen. Sie kommt in einer Viertelstunde.«

Der Bus war zu früh gekommen und Simona saß bereits an der Haltestelle und wartete. Sie traute ihren Ohren nicht, als die beiden erzählten, was sie vorhatten.

»Ihr seid doch komplett verrückt«, sagte sie. »Wir sollen noch mal zu diesem Mats nach Hause gehen?«

Als Aladdin heilige Eide schwor, dass Mats noch mehrere Stunden bei der Arbeit sein würde, beruhigte sie sich, und sie marschierten eilig von der Bushaltestelle los. Es schneite wieder. Große Flocken, die wie kleine weiße Bälle aussahen, fielen auf ihre Köpfe und Schultern. Das war Aladdin völlig schnurz, er war voller Energie.

Sie rannten fast die Straße hinunter, sodass der Schnee um ihre Füße in kleinen Wolken aufflog. Wieder musste Aladdin an den Jungen mit den kurzen Hosen denken, der, ohne Spuren zu hinterlassen, durch den Schnee gelaufen war.

Das habe ich mir eingebildet, dachte er wohl zum hundertsten Mal. Ich habe mich getäuscht. Den Silberjungen gibt es nicht. Nicht in Wirklichkeit.

Das Haus von Mats sah verlassen aus, die großen Fenster zur Straße hin waren dunkel.

»Das sieht ja aus, als wäre er umgezogen«, sagte Simona und die beiden anderen pflichteten ihr bei.

Auf der Auffahrt zögerten sie. Wie sollten sie es anstellen? Alle drei einfach auf das Grundstück marschieren? Was würden sie dann sagen, wenn Mats entgegen aller Erwartung doch nach Hause kam?

»Dann rennen wir«, sagte Aladdin.

»Schon wieder?«, fragte Simona.

»Ja, schon wieder!«, bekräftigte Aladdin.

Wie auf ein gemeinsames Signal gingen sie alle drei auf das Haus zu.

»Wohin sollen wir gehen?«, fragte Billie. »Erst zur Rückseite, wo Simona die Kinder durch das Kellerfenster gesehen hat?«

»Wir fangen auf der Vorderseite an«, meinte Aladdin.

Ohne weiter darüber zu reden, blieben sie beieinander. Keiner der drei wollte allein gehen. Sie bewegten sich auf die Fenster neben der Haustür zu. Aladdin musste sich auf Zehenspitzen stellen, um richtig reinsehen zu können.

»Vielleicht sollten wir mal die Türklinke herunterdrücken«, schlug Simona vor. »Womöglich hat er vergessen, abzuschließen.«

»Nie im Leben!«, rief Billie.

»Ist das nicht verboten?«, fragte Aladdin vorsichtig. »Ich meine, bei anderen Leuten einfach reinzugehen?«

»Das ist doch wohl egal«, sagte Simona. »Was, wenn diese Kinder in seinem Keller eingesperrt sind? Dann müssen wir sie doch rauslassen.«

Doch der bloße Gedanke daran, in Mats' Haus herumzuschleichen, ließ Aladdin erschaudern.

Also begnügten sie sich damit, durch die Fenster zu spähen.

Und sie sahen nicht eine einzige komische Sache. Im Wohnzimmer erspähte Aladdin zwei Sofas, die er hässlich fand, doch da war Mats vielleicht ja anderer Ansicht. Dann einen Tisch mit massenhaft Papier und Zeitungen drauf. Und den größten Fernseher, den Aladdin je gesehen hatte.

»Der muss aber gerne Filme sehen«, sagte Simona. »Oder Fußball.«

Sie gingen weiter. Durch das nächste Fenster sahen sie etwas, das wie ein Schlafzimmer aussah, durch das dritte dann ein Büro.

Obwohl Aladdin ganz sicher war, dass Mats nicht nach Hause kommen würde, war er doch unruhig. Seine Mutter würde ausflippen, wenn sie erfuhr, dass sie in

Mats' Garten herumschlichen und heimlich in sein Haus guckten.

»Das hier bringt nichts«, sagte Simona.

Sie gingen in die Hocke und schauten nun in die Kellerfenster. Eines nach dem anderen.

»Durch das hinterste habe ich letztes Mal die Kinder gesehen«, sagte Simona mit leiser Stimme, so als hätte sie Angst, dass jemand sie hören könnte.

Aladdin wusste nicht, warum er die Kinder so wichtig fand. Vielleicht hatte Simona sie auf eine Weise beschrieben, die ihn an den Jungen mit den kurzen Hosen denken ließ. Doch vor allem wollte er wissen, warum Mats zwei Kinder im Keller hatte.

Aladdin war so angespannt, dass er unwillkürlich die Luft anhielt, als er ins Fenster schaute.

»Ich sehe nichts«, flüsterte Billie. »Es ist zu dunkel.«

Aladdin presste seine Nase an die kalte Fensterscheibe. Man konnte überhaupt nichts erkennen.

Er wollte gerade den Kopf wegziehen, als da drinnen etwas blinkte.

»Habt ihr das gesehen?«, wisperte er.

Die anderen nickten.

Sie zogen sich zurück, sodass man sie nicht sah. Vielleicht saß da drinnen in der Dunkelheit jemand und schaute heraus.

Aladdin musste noch einmal nachsehen.

Diesmal leuchtete ein schwacher Schein aus einer der Zimmerecken. Es war schwer zu erkennen, doch es sah aus, als würde da jemand mit einer Taschenlampe in der Hand sitzen. Der Schein der Lampe fiel über ein paar Dinge, die auf dem Fußboden lagen.

Ein großer Ball.

Ein Springseil.

Ein alter Teddy.

Aladdins Herz schlug ganz laut in seiner Brust, denn nun erhob sich die Person, die die Taschenlampe hielt, langsam und ging in die Mitte des Raumes.

Es war ein Kind, das konnte man deutlich sehen.

Man konnte auch sehen, dass es ein Junge war.

Ein Junge mit kurzen Hosen und einem dicken Strickpullover.

Ein einziges Mal sah der Junge zum Fenster. Aladdin, Billie und Simona warfen sich in den Schnee zurück, um nicht entdeckt zu werden.

»Ist das derselbe Junge, der zu Hause bei euch rumgeschlichen ist?«, fragte Billie atemlos.

»Ich weiß es nicht«, sagte Aladdin. »Ich habe ihn nur ganz kurz gesehen.«

Er näherte sich wieder dem Fenster und spähte noch einmal nach dem Jungen.

Könnte dies derselbe Junge sein, den er so oft gesehen hatte? Er war sich nicht sicher. Er sah sehr ähnlich aus, aber … Nein, sicher war er nicht.

Aladdin zog sich vom Fenster zurück.

»Das Mädchen habe ich diesmal nicht gesehen«, sagte Simona. »Als ich das letzte Mal hier war, war auch ein Mädchen in dem Zimmer.«

Aladdin sah sich um. Jetzt schneite es richtig heftig, und er musste sich beeilen, um rechtzeitig zum Abendessen zu Hause zu sein.

»Könnte Mats einem der Kinder einen Schlüssel vom Restaurant gegeben haben?«, fragte Billie, als sie Mats' Grundstück verließen.

»Du meinst, sodass sie reingehen und sich Essen holen konnten?«, fragte Aladdin.

»Ja.«

»Vielleicht.«

Mit einem Mal war er verwirrt. Bisher hatte er geglaubt, der Junge mit den kurzen Hosen sei es gewesen, der das Essen genommen hatte. Doch wenn das derselbe Junge war, den er zu Hause bei Mats gesehen hatte, konnte der dann immer noch der Dieb sein?

»Du musst das heute Abend mal kontrollieren«, sagte Simona. »Warte eine Weile, nachdem ihr diese Tüte mit Essen rausgestellt habt. Wenn du die Tüte durch das Fenster beobachtest, müsstest du doch sehen können, wer kommt und sie holt.«

Aladdin hatte ganz aufgehört, über den Essensdieb nachzudenken, fand aber, dass Simona nicht Unrecht hatte. Es würde doch gut sein zu erfahren, wer das Essen mitnahm, denn Aladdin wurde das Gefühl nicht los, dass alles irgendwie zusammenhing.

Das Essen, das verschwand.

Die Kinder bei Mats im Keller.

Der Junge mit den kurzen Hosen.

Die Frage war nur, wie das verschwundene Silber da reinpasste.

»Ich glaube, die Kinder im Keller kommen von dem Flüchtlingsschiff«, meinte Billie.

Das glaubte Aladdin auch. Er fragte sich nur, was sie bei Mats machten.

Als sie auf die Straße traten, sah Aladdin noch einmal über die Schulter zum Haus zurück und hielt inne.

Der Schnee hatte ihre Fußspuren fast völlig zugedeckt.

So musste es gewesen sein, als wir an der Kirche waren, dachte Aladdin. Der Schnee hat die Spuren des

Jungen mit den kurzen Hosen bedeckt. Und das ging so schnell, dass ich nichts gemerkt habe.

Er ging weiter. Wie gut, dass es jetzt so viel schneite. In Mats' Garten sah es wieder so aus, als wären sie nie da gewesen.

24.

An diesem Abend war im Restaurant viel zu tun. Aladdin setzte sich, nachdem er gegessen hatte, an den Schreibtisch, um seine Hausaufgaben zu machen. Doch vor Ungeduld juckte es ihn am ganzen Körper. Er wünschte, alle Gäste würden schnell nach Hause gehen, sodass sie das Restaurant schließen und das Essen auf die Treppe stellen könnten. Damit sie endlich mal herauskriegten, wer da immer kam und es abholte.

Aladdins Handy klingelte, und ihm wurde warm ums Herz, als er sah, wer da anrief: sein Vater.

»Hallo, mein Lieber!«, sagte sein Vater. »Wie geht es euch beiden?«

Aladdin nahm an, dass es sicher teuer war, aus der Türkei anzurufen, und fing schnell an, von allem Möglichen zu erzählen, von dem verschwundenen Silber und ihrem jüngsten Besuch in der Kirche. Allerdings vermied er, etwas von Ella und dem Bild, das Mats ähnelte, zu erwähnen.

»Und was wirst du machen, wenn du das Silber findest?«, fragte sein Vater.

»Ich werde versuchen, es zu verkaufen«, beeilte sich Aladdin zu sagen. »Damit wir in Åhus wohnen bleiben können.«

Sein Vater antwortete nicht und Aladdin bekam Angst.

»Wenn nicht die Kirche es haben will, versteht sich«, sagte er mit schwacher Stimme. »Die haben ja schon einmal dafür bezahlt, ehe es verschwand.«

Sein Vater schwieg immer noch. Aladdin räusperte sich.

»Aber einen Finderlohn bekomme ich bestimmt«, sagte er. »Und die Zeitungen werden darüber schreiben und dann hören mehr Leute von unserem Restaurant.«

»Das klingt alles sehr gut«, sagte sein Vater, »aber …«

Im Telefon knisterte es. Aladdin drückte den Hörer fester ans Ohr.

»Ich kann dich nur schlecht verstehen«, sagte er.

Papas Stimme klang so weit entfernt und zittrig.

»Ich habe gesagt, darüber reden wir, wenn ich wieder zu Hause bin. Ich habe hier unten schon ein paar neue Ideen bekommen, wir würden es hier an der

Küste wirklich fantastisch haben, Aladdin. Und stell dir nur vor, wie schön es wäre, wenn Billie und Simona uns besuchen würden!«

Aladdin schnürte es die Kehle zu. Es klang, als habe sein Vater sich schon entschieden.

»Aber wir haben es hier doch gut«, sagte er und versuchte, entschlossen zu klingen.

»Ja, das stimmt«, erwiderte sein Vater, »aber nicht so gut wie früher. Aber jetzt muss ich Schluss machen. Großvater lässt grüßen, es geht ihm schon besser. Und umarme Mama von mir.«

Dann war er weg.

Aladdin legte das Telefon beiseite und versuchte, nicht zu weinen, was aber nicht besonders gut klappte. Einige hartnäckige Tränen rannen seine Wangen hinunter und tropften ihm vom Kinn. Billie hatte ihre Mutter gemein gefunden, weil sie sie gezwungen hatte, die zwanzig Kilometer nach Åhus umzuziehen. Was würde sie wohl von einem Vater halten, der seinen Sohn zwang, bis in die Türkei zu ziehen?

Dass aber auch alles immer so schwer sein musste. Ausgerechnet jetzt. Aladdin warf einen Blick auf die Schulbücher. Er würde die Hausaufgaben morgen machen müssen, jetzt war er viel zu wütend und traurig dafür.

Eine Weile dachte er darüber nach, ins Restaurant raufzugehen und mit seiner Mutter zu reden und ihr zu erklären, dass er nicht wegziehen wollte. Aber sie würde wohl kaum Zeit haben, ihm zuzuhören.

Da klopfte es an seiner Schlafzimmertür.

Erstaunt ging er hin und machte auf. Draußen standen Billie und Simona, jede mit einer Tasche auf dem Rücken.

»Ich habe Mama gesagt, dass wir heute Nacht bei dir schlafen«, sagte Billie, »damit du nicht alleine hinter diesen Essenstüten herspionieren musst. Also, wenn es dir recht ist.«

Aladdin war so froh, dass er sie umarmte. Er nickte. Natürlich war es ihm recht.

»Ich sage nur eben Mama Bescheid«, sagte er und lief zum Restaurant hinauf.

An diesem Abend wurde es sehr kalt. Unter den Lampen, die den Gehweg zum Turm beleuchteten, glitzerte die Schneedecke. Es war nicht schwer, Aladdins Mutter zu überreden. Billie und Simona durften, obwohl es mitten in der Woche war, gern über Nacht bleiben. Aber sie mussten versprechen, am nächsten Morgen früh aufzustehen, damit alle es rechtzeitig in die Schule schafften.

»Wie lange wollt ihr eigentlich noch Essen rausstellen?«, murmelte Mats, als Aladdin und seine Mutter in der Küche die Essenstüte packten.

Es war spät und das Restaurant würde gleich schließen.

»Solange das Flüchtlingsschiff im Hafen liegt«, erwiderte Aladdins Mutter.

»So lange?«, sagte Mats und wandte sich von ihnen ab. »Woher wisst ihr eigentlich, dass es jemand vom Schiff ist, der das Essen nimmt?«

»Das wissen wir nicht«, sagte Aladdins Mutter, »aber wir glauben, dass es so ist. Aladdin hat einen leicht bekleideten Jungen hier in der Gegend herumlaufen sehen, und wir glauben, dass er vom Schiff kommt.«

»Ah. Ah so«, sagte Mats.

Warum musste er nur immer so mies gelaunt sein? Aladdin nahm die Tüte und beeilte sich, zu Billie und Simona zu kommen, die in seinem Zimmer warteten.

Simona äugte in die Tüte.

»Was ist da in den Plastikdosen?«

»Heute Abend Fleischbällchen, Kartoffeln und Brot.«

»Ist es jeden Abend das gleiche Essen?«, fragte Billie.

»Nein, wir versuchen, ein bisschen abzuwechseln.«

Sie setzten sich vor den Fernseher und spielten dann ein Spiel und warteten darauf, dass das Restaurant schließen würde und sie die Tüte rausstellen konnten.

»Übrigens«, sagte Simona, »mir ist etwas eingefallen. Mein Vater ist doch der Chef von einer großen Werkstatt hier in Åhus, und er sagt immer, das Kantinenessen da sei so grottenschlecht. Wie wäre es denn, wenn ihr ihm das Essen liefern würdet? Das würde gut Geld bringen.«

Aladdins Herz machte einen Satz.

»Das wäre supertoll«, sagte er.

»Es ist ja noch nicht sicher«, meinte Simona, »aber ich werde mal mit Papa reden.«

»Mach das«, sagte Aladdin.

Er wusste, dass er seinen Eltern helfen musste, wenn er in Åhus bleiben wollte, andernfalls würde er gezwungen sein, umzuziehen, und zwar bald. Die Zeit lief ab.

Dann hörten sie Schritte auf der Treppe und bald schlug jemand unten die Haustür zu. Der Schlüssel im Schloss wurde herumgedreht. Das war natürlich seine Mutter. Das Restaurant war jetzt leer.

Auf dem Weg nach oben kam sie an Aladdins Zimmer vorbei.

»Jetzt ist niemand mehr im Restaurant und alles ist aufgeräumt«, sagte sie, »und ich gehe jetzt schlafen. Gute Nacht und schlaft gut!«

»Gute Nacht«, sagte Aladdin. »Wir stellen jetzt die Essenstüte raus.«

Seine Mutter ging hinauf in ihr Zimmer und Aladdin lief mit dem Essen nach draußen. Als er die Tür aufmachte, schlug ihm die Kälte entgegen.

Billie und Simona warteten im Flur.

»Was machen wir jetzt?«, fragte Simona. »Sollen wir hier die ganze Nacht herumhängen?«

Im Flur zu stehen war ganz und gar nicht so bequem, wie im Restaurant zu liegen. Um sehen zu können, wer das Essen abholte, mussten sie jedoch da stehen und aus dem kleinen Fenster neben der Haustür spähen. Aladdin streckte sich. Diesmal würde er nicht einschlafen.

»Nein, das ist nicht nötig«, sagte Aladdin. »Wir können uns doch abwechseln. Ich fange an.«

»Ausgerechnet«, sagte Billie. »Dann schläfst du doch gleich wieder ein.«

Simona und sie kicherten.

»Das tue ich nicht!«, beteuerte Aladdin.

»Wir werden sehen«, sagte Simona. »Weck eine von uns, wenn du nicht mehr kannst.«

»Oder wir kommen runter und wecken dich«, meinte Billie.

Noch ehe Aladdin etwas antworten konnte, waren

sie die Treppe hinauf, und er blieb allein im Flur zurück. Zögerlich streckte er eine Hand aus und schaltete das Licht aus. Es war nicht gut, wenn man die brennende Lampe durch das Fenster sah, denn dann würde sich vielleicht niemand trauen, das Essen zu holen.

Aladdin lehnte sich an die Wand und sah hinaus. Er glaubte nicht, dass derjenige, der das Essen haben wollte, noch lange zögern würde, denn wer konnte sich denn in dieser Kälte draußen verstecken?

Das war so ziemlich der einzige Punkt, der ein Vorteil am Umzug in die Türkei wäre: Dort war es wärmer. Doch er versuchte, die Gedanken an alle Probleme wegzuschieben. Vielleicht würde Simonas Vater ihnen ja helfen können.

Hoffentlich!

Im Turm war es mucksmäuschenstill, kein Laut war zu hören. Seine Mutter musste sofort eingeschlafen sein. Wenn Billie und Simona noch wach waren, dann lagen sie bestimmt im Bett und flüsterten. Sie waren ja nicht sonderlich gut darin, leise zu sein, aber manchmal gelang es ihnen doch.

Er wünschte, das Fenster neben der Tür läge etwas tiefer, denn dann hätte er, während er Wache hielt, wenigstens auf dem Fußboden sitzen können und müsste nicht stehen, so wie jetzt. Er starrte in die Dunkelheit hinaus. Zum Glück brannten die Lampen über dem Eingang zum Restaurant, sonst hätte er überhaupt nichts sehen können.

Die Minuten schlichen dahin. Aladdin trat ungeduldig von einem Fuß auf den anderen. Da war es doch bequemer gewesen, oben im Restaurant Wache zu halten. Noch war kein Mensch zu sehen.

Doch plötzlich meinte er etwas gesehen zu haben. Ein Mann, der einen langen Schatten über den weißen Schnee warf, kam langsam auf den Turm zu. Oder wollte er woandershin?

Aladdin schluckte. Nein, er war definitiv auf dem Weg zum Turm.

Noch konnte Aladdin sein Gesicht nicht sehen, doch es war schon klar, dass dies auf keinen Fall der Junge mit den kurzen Hosen war.

Mit pochendem Herzen drückte sich Aladdin an die Wand und sah angestrengt aus dem Fenster. Wenn es nicht der Junge war, wer war es dann?

Als der Mann beim Turm war und sich nach der Essenstüte bückte, erhielt er die Antwort.

Es war Mats.

25.

Mats?«, fragte Aladdins Mutter.

Erstaunt legte sie das Butterbrot weg, das sie in der Hand hielt, und sah von der Zeitung auf.

Aladdin, Billie, Simona und Aladdins Mutter hatten sich eben am Frühstückstisch niedergelassen. Normalerweise wurde zu Hause bei Aladdin nicht um diese Uhrzeit gefrühstückt, aber Billie und Simona mussten den Bus nach Kristianstad erwischen.

Aladdin hatte seine Mutter nicht mitten in der Nacht wecken wollen, um ihr zu erzählen, was er gesehen hatte, doch jetzt wollte er es loswerden.

»Es ist wahr«, beteuerte er. »Ich habe ihn mit eigenen Augen gesehen. Mats ist es, der das Essen holt, das wir auf die Treppe stellen.«

Seine Mutter sah aus, als würde sie jeden Moment loslachen.

»Mein lieber Aladdin, kannst du mir bitte erklären,

warum du die halbe Nacht lang im Flur gestanden und aus dem Fenster geschaut hast? Konntest du nicht schlafen?«

Billie und Simona prusteten los und bissen schnell in ihre Butterbrote.

Aladdins Mutter fuhr zusammen.

»Seid ihr etwa auch in diese Sache verwickelt? Ja, natürlich seid ihr das. Deshalb wolltet ihr letzte Nacht hier schlafen.«

Sie lächelte und schüttelte den Kopf. Dann wurde sie ernst.

»Hört mal«, sagte sie. »Haben wir das nicht im Herbst schon mal besprochen, als ihr im Wald gelauert habt, um zu sehen, wer zu Hause bei Billie herumspukt? Ihr sollt nicht Räuber und Gendarm spielen. Das kann böse enden.«

Aladdin wurde rot. Ja, natürlich hatten sie darüber gesprochen. Er erinnerte sich immer noch, wie es war, hinter Tannen versteckt darauf zu warten, das Gespenst entlarven zu können.

»Mats hat mich nicht gesehen«, sagte er, »und ich hatte schließlich auch nicht vor, die Tür aufzumachen und rauszugehen.«

»Das spielt keine Rolle«, sagte seine Mutter. »Mir gefällt das trotzdem nicht.«

Sie legte die Zeitung beiseite und holte sich noch etwas Kaffee.

»Und was machen wir jetzt?«, fragte Aladdin.

»Womit?«

»Mit Mats! Jetzt wissen wir doch, dass er ein Dieb ist.«

Seine Mutter runzelte die Stirn.

»Das wissen wir gar nicht«, sagte sie.

»Doch, das tut ihr«, mischte sich Simona ein, die nicht länger still dabeisitzen konnte.

Aladdins Mutter stellte die Kaffeekanne mit einem Krachen auf den Tisch.

»Nein, das tun wir nicht«, sagte sie entschieden. »Das Einzige, was wir wissen, ist, dass Mats eine der Essenstüten von der Treppe genommen hat. Daran muss überhaupt nichts komisch sein, denn er weiß doch, dass wir immer Essen rausstellen. Das allerdings nicht für ihn gedacht ist, insofern gebe ich euch recht. Es ist ziemlich schlechter Stil, jemandem Essen wegzunehmen, der es dringender braucht. Aber deshalb davon auszugehen, dass er es war, der aus der Küche gestohlen hat – nein, da bin ich anderer Ansicht.«

Es wurde still.

Aladdin schielte zu Billie und Simona hinüber. Wenn die jetzt nur nicht anfingen zu erzählen, wie Simona um das Haus von Mats geschlichen war, um zu sehen, ob er zu Hause sei.

»Außerdem«, fuhr Aladdins Mutter fort, »wenn Mats derjenige war, der von Anfang an das Essen genommen hat, was ist dann mit dem Jungen in den kurzen Hosen, den du gesehen hast? Weshalb ist er hier herumgelaufen, wenn er doch nicht das Essen gestohlen hat?«

»Vielleicht kennt er Mats?«, schlug Aladdin vor.

»Möglicherweise«, sagte seine Mutter. »Auf jeden Fall werde ich mit Mats reden. Aber ich werde ihn nicht beschuldigen, aus der Küche gestohlen zu haben.«

Aladdin blinzelte.

»Bist du verrückt? Du willst mit Mats reden? Du wirst ihm doch wohl nicht erzählen, dass ich ihn gesehen habe?«

»Bleib ganz ruhig«, sagte seine Mutter. »Ich werde sagen, dass ich selbst im Flur gestanden und spioniert habe.«

Dann nahm sie ihre Kaffeetasse und ging in den Flur hinaus.

»Jetzt muss ich mich umziehen. Räumt das Frühstück weg, wenn ihr fertig seid.«

Da fiel Aladdin ein, dass sie noch etwas zu besprechen hatten.

»Warte kurz«, sagte er und schielte zu Simona rüber.

»Wir haben noch etwas anderes zu erzählen. Etwas Tolles.«

Seine Mutter sah sich erwartungsfroh um. Das tat sie oft, dachte Aladdin, sie liebte Überraschungen.

»Es kann sein, dass Simonas Vater von unserem Restaurant Essen liefern lassen will«, sagte er.

»Ehrlich?«, fragte seine Mutter und sah jetzt richtig erstaunt aus.

»Es ist noch nicht ganz sicher, aber ich werde ihn fragen«, ergänzte Simona.

»Danke, das ist wirklich supernett von dir«, erwiderte Aladdins Mutter.

Dabei sah sie nicht sonderlich froh aus. Wahrscheinlich glaubte sie, dass doch nichts daraus würde.

Aladdin bekam einen Kloß im Hals. Ach, wenn Simonas Vater ihnen doch nur helfen könnte. Sonst wusste er nicht, was er machen sollte.

In der Schule bekamen sie zusätzliche Zeit für ihr Åhus-Projekt. Aladdin hatte das Gefühl, sich festgefahren zu haben. Er hatte viel schneller gearbeitet als seine Klassenkameraden, und die anderen fanden es wohl auch total langweilig, über Personen oder Orte in Åhus zu schreiben. Aladdin ging es da ganz anders, er hatte noch nie so eine spannende Aufgabe in der Schule bekommen. Aber jetzt war er mit seiner ganzen Arbeit fertig. Er hatte alles gelesen, was es zu lesen gab, und hatte mit dem Pfarrer und mit Ella geredet. Jetzt blieb nur noch, den Dieb zu finden. Und das Silber.

Der Einzige, mit dem Aladdin nicht gesprochen hatte, war Mats, der doch Orvar auf dem Foto so ähnlich sah. Und der zwei Kinder in seinem Keller hatte. Und der offensichtlich zusätzliches Essen benötigte. In Aladdins Bauch fing es an zu flattern. Wenn Mats nur nicht immer so mies gelaunt wäre.

Aladdin war sich fast sicher, dass der Junge in den kurzen Hosen derselbe war, den er in Mats' Keller gesehen hatte. Aber eben nur fast. Denn es gab ja noch die winzige Möglichkeit, dass der Junge, den er gesehen hatte, in Wirklichkeit der Silberjunge war. Zunächst hatte Aladdin ja verunsichert, dass er im Schnee keine Spuren von dem Jungen gesehen hatte. Aber seit sie bei Mats gewesen waren, hatte er eine Erklärung dafür. Es war dunkel gewesen und es hatte geschneit.

Gespenster gibt es nicht, dachte Aladdin zum tausendsten Mal. Es gibt sie wirklich nicht.

Ein letztes Mal las er seine Notizen durch.

Dann fasste er einen Entschluss.

Wenn er nach Hause kam, musste er Billie anrufen, denn sie mussten unbedingt mit Mats reden, am besten noch am selben Tag. Und Aladdin würde nicht lockerlassen, ehe er nicht wusste, wer die Kinder im Keller waren. Und er wollte wissen, wie es kam, dass Mats genauso aussah wie Orvar.

Vielleicht hatte Mats das letzte Puzzleteil in der Hand, das sie brauchten, um das verschwundene Silber zu finden.

26.

Am späten Nachmittag kam Billie zu Aladdin.

»Mama war nicht sonderlich erfreut, dass ich heute Abend schon wieder hierherkomme«, sagte sie. »Sie meinte, ich solle besser zu Hause bleiben und Hausaufgaben machen. Aber ich habe gesagt, es sei wichtig.«

Darüber war Aladdin sehr froh. Es wäre unangenehm gewesen, allein mit Mats reden zu müssen. Auf Simona mussten sie verzichten, denn die konnte nicht so kurzfristig nach Åhus kommen.

»Simona lässt grüßen, sie hat mit ihrem Vater geredet«, sagte Billie, »und der schien die Idee, bei euch Essen zu bestellen, richtig gut zu finden. Sie ruft an, sowie sie mehr weiß.«

Das war ein Lichtblick, doch Aladdin bemühte sich, nicht zu froh darüber zu sein. Es war noch nichts entschieden, aber er hoffte darauf. Zutiefst.

Sie setzten sich auf die Treppe zum Restaurant und

warteten auf Mats. Nach seinem Arbeitsplan hatte er um neunzehn Uhr aus. Aladdin musste an die Kinder in seinem Keller denken und fragte sich, was die wohl den ganzen Tag machten, wenn Mats arbeitete. Wenn sie überhaupt bei Mats wohnten, aber das schien ja so zu sein.

Die Treppe war nicht gerade der beste Platz, um zu warten, doch um rauszugehen, war es zu kalt. Manchmal kamen Gäste an ihnen vorbei, lächelten Aladdin und Billie freundlich zu und eilten dann weiter. Mats musste jeden Moment kommen.

»Hat dein Vater noch öfter angerufen?«, fragte Billie.

»Nein«, sagte Aladdin. »Vielleicht hat er Mama angerufen, aber ich habe nicht noch mal mit ihm gesprochen.«

Sie warteten ewig, sodass Billie schon langsam unruhig wurde. An Schultagen durfte sie nicht so lange wegbleiben.

»Scheint so, als wäre er spät dran«, sagte Aladdin und sah auf die Uhr.

Es war schon fast Viertel nach sieben.

»Sollen wir raufgehen und ihn holen?«, fragte Billie. »Vielleicht steht er einfach nur da und redet mit jemandem.«

Aladdin schüttelte den Kopf. Es war besser, wenn sie auf der Treppe sitzen blieben.

Schließlich kam er. Aladdin erkannte sofort seinen Schritt und stand blitzschnell auf. Jetzt ging's los!

Im nächsten Moment tauchte Mats auf, hochgewachsen und schlecht gelaunt. Er sah nicht gerade so aus, als hätte er auch nur die geringste Lust, mit Billie und Aladdin zu reden.

»Hallo«, sagte Aladdin.

»Hallo«, knurrte Mats und ging an ihnen vorbei.

»Warte!«, rief Aladdin. »Wir wollen mit dir reden!«

Mats blieb stehen und drehte sich um.

»Und worüber?«

Was sollten sie darauf antworten?

Aladdin kriegte kein Wort heraus. Da hörte er Billie sagen:

»Wir wollten mit Ihnen über einen Verwandten von Ihnen reden, oder besser gesagt über jemanden, von dem wir glauben, dass er mit Ihnen verwandt ist.«

»Jemanden, der dir sehr ähnlich sieht«, ergänzte Aladdin.

Mats zog erstaunt die Augenbrauen hoch.

»Und welcher Verwandte soll das sein, wenn ich fragen darf?«, fragte er und klang dabei immer noch verbiestert.

»Orvar«, sagte Aladdin. »Wir würden gern mit dir über Orvar reden.«

Es blieb lange still. Zwei neue Gäste kamen durch die Haustür herein und stiegen zum Restaurant hoch. Als sie an ihnen vorbeigingen, wurde es eng im Treppenhaus. Aladdin wurde klar, dass sie woanders hingehen mussten, um zu reden. Auf der Treppe konnten sie nicht bleiben.

»Orvar?«, fragte Mats. »Welcher Orvar?«

Aladdin und Billie schwiegen.

»Der einzige Orvar, von dem ich weiß, ist mein Urgroßvater väterlicherseits«, sagte Mats bedächtig. »Meint ihr den?«

Dann waren sie also wirklich verwandt! Aladdin und Billie nickten beide.

»Aha, was wollt ihr wissen? Beeilt euch, denn ich muss schnell nach Hause.«

Mats verschränkte die Arme vor der Brust.

»Können wir uns vielleicht in unser Wohnzimmer setzen?«, versuchte Aladdin.

»Auf keinen Fall«, entgegnete Mats. »Wir können gut hier bleiben.«

Aladdin unterdrückte ein Seufzen.

»Wir haben uns nur gefragt, ob du vielleicht was von dem verschwundenen Silber weißt«, sagte er.

Es zuckte in Mats' Gesicht, so wie manchmal bei Erwachsenen, wenn sie überrascht wurden.

»Warum sollte ich etwas darüber wissen?«, fragte er grimmig.

»Weil Orvar Ihr Verwandter war«, schob Billie vorsichtig ein.

»Orvar ist schon lange tot«, sagte Mats. »Das muss euch doch klar sein, dass ich ihm niemals begegnet bin. Wie sollte ich dann etwas über dieses Silber wissen?«

Mats stand eine Weile schweigend da, und man konnte sehen, wie er nachdachte. Er strich sich erschöpft über den Kopf.

»Das alles ist vor unendlich langer Zeit geschehen«, sagte er leise. »Könnt ihr das nicht einfach ruhen lassen? Lasst das Alte tot und begraben sein. Es würde heute ja wohl nichts verändern, wenn ihr das Silber finden würdet, oder?«

Da war Aladdin anderer Meinung.

»Aber«, beharrte Billie, »Sie sind doch mit Orvar verwandt. Wäre es dann nicht gut, wenn das Silber gefunden würde, damit endlich alle begreifen, dass Orvar nicht der Dieb war?«

Billie konnte ja manchmal ein richtiger Feigling sein, nicht jedoch heute.

Mats machte einen Schritt rückwärts auf der Treppe.

»Wie gesagt, ich habe es eilig«, sagte er und schob die Hand in die Jackentasche.

Dann zog er sich eine Mütze auf und wandte sich zum Gehen.

»Wir müssen ein anderes Mal darüber reden«, sagte er.

Aber da wurde Aladdin wütend. Schon wieder ein Erwachsener, der »ein anderes Mal« sagte.

»Warum hast du es denn so eilig?«, fragte er. »Ist es, weil du etwas über das Silber weißt, was du nicht erzählen willst?«

Als Mats nicht antwortete, hörte Aladdin sich selbst sagen: »Oder hast du es vielleicht eilig, zu den eingesperrten Kindern in deinem Keller zu kommen?«

Aladdin bereute es sofort, kaum hatte er die Worte ausgesprochen. Warum hatte er das nur gesagt? Das klang ja fast so, als würde Mats die Kinder gefangen halten.

Aber gesagt war gesagt.

Mats wurde hochrot und schien richtig zornig.

»Was redest du da?«, brüllte er. »Ich habe keine Kinder eingesperrt!«

Aladdin und Billie versuchten, sich so klein wie möglich zu machen.

»Wir haben sie durch dein Kellerfenster gesehen«, flüsterte Aladdin.

Eigentlich hatte Aladdin ja nur eines der Kinder mit eigenen Augen gesehen, aber Simona hatte zwei gesehen, als sie allein da gewesen war.

Mats schüttelte bedächtig den Kopf.

»Ich wusste doch, dass es Probleme geben würde«, murmelte er. »Ich wusste es.«

Er seufzte tief und lehnte sich an die Wand, richtete sich dann aber schnell wieder auf, als hätte er eine Idee.

»Ihr könnt mit mir nach Hause fahren«, sagte er entschlossen. »Geht und holt eure Jacken, dann fahren wir. Ich habe das Auto draußen stehen.«

Aladdin und Billie sahen einander an. Nie im Leben würden sie mit Mats irgendwohin fahren! Nicht, wenn er so wütend war.

Da kam Aladdins Mutter die Treppe hinunter.

»Ja, Mats«, sagte sie, »bist du noch da?«

»Ich habe ein bisschen mit Billie und Aladdin geredet«, sagte Mats. »Und ich wollte sie gern ein Weilchen mit zu mir nach Hause nehmen. Wenn sie wollen und wenn sie dürfen. Ich habe nämlich Besuch von ein paar Kindern, und ich möchte, dass sie die kennenlernen.«

»Das dürfen sie gern«, sagte Aladdins Mutter. »Aber ob sie es wollen, entscheiden sie selbst. Was sind das für Kinder?«

Mats lächelte behutsam.

»Man könnte sagen, es sind Kinder von guten Freunden von mir«, erklärte er.

Das entschied die Sache. Aladdin und Billie brauchten nur einen winzigen Moment, um sich zu entscheiden. Wenn Mats so offen über die Kinder reden konnte, dann war an der Sache wohl nichts Seltsames.

Und nun würden sie wenigstens die Kinder kennenlernen, die sie in Mats' Keller gesehen hatten. Und sie würden vielleicht noch mehr über Orvar und das Silber erfahren.

27.

Das Auto von Mats rollte gemächlich durch Åhus an allen Häusern mit den erleuchteten Fenstern vorbei. Draußen war es dunkel, als sei es mitten in der Nacht, und das Licht der Straßenlaternen wirkte, als würde es vom harten Schnee wieder abprallen.

Aladdin und Billie saßen hinten auf dem Rücksitz. Wenn doch nur noch ein weiterer Erwachsener dabei wäre! Mats wirkte immer so wütend und grimmig, womöglich war er doch gefährlich. Was, wenn er sie im Keller einsperrte?

Wie lange es wohl dauern wird, bis Mama uns vermisst?, fragte sich Aladdin.

Als sie in die Einfahrt vor dem Haus einbogen, klopfte Aladdin das Herz bis zum Hals. Trotzdem konnte er sich kaum mehr beherrschen.

»Wer sind sie denn?«, fragte er und machte schnell den Sicherheitsgurt los. »Die Kinder, wer sind sie?«

»Das seht ihr gleich«, erwiderte Mats kurz angebunden und stieg aus dem Auto.

Aladdin und Billie folgten ihm.

Mats schloss die Haustür auf und ließ sie herein.

In der Diele schaltete er das Licht ein und entledigte sich seiner Schuhe.

»Hallo!«, rief er. »Ich bin jetzt zu Hause!«

Dann ging er weiter ins Haus hinein und machte noch mehr Lampen an.

Es war ganz still, niemand antwortete auf Mats' Rufen. Billie und Aladdin standen zögernd in der Diele.

»Kommt nur rein«, sagte Mats. »Es dauert immer eine Weile, bis sie raufkommen.«

»Warum denn?«, fragte Aladdin. »Verstecken sie sich?«

Mats nickte. Er sah traurig aus.

»Ganz genau das tun sie«, sagte er. »Sie sprechen weder gut Schwedisch noch Englisch. Wir verständigen uns mit Zeichensprache.«

Der Fußboden knarrte, wenn man darüber ging. Aladdin und Billie folgten Mats in sein Wohnzimmer. Er machte eine Geste zum Sofa hin.

»Setzt euch, wenn ihr wollt. Möchtet ihr irgendwas? Einen Saft vielleicht?«

Die beiden schüttelten den Kopf. Sie versanken weich im Sofa, als sie sich hineinsetzten. Es roch nach

Staub und ein bisschen muffig. Aladdin bestaunte den riesigen Fernseher, den er schon durchs Fenster gesehen hatte.

»Schaust du viele Filme an?«, fragte er.

Da hellte sich Mats' Miene ein wenig auf.

»Ja«, antwortete er, »fast jeden Abend. Daran habe ich einfach Spaß, wahrscheinlich so wie du an deinen Modellflugzeugen, nehme ich an.«

Aladdin hatte keine Ahnung gehabt, dass Mats von seinen Modellflugzeugen wusste.

Mats ließ sich in einem Sessel ihnen gegenüber nieder.

»Jetzt müsst ihr mir mal erzählen, warum ihr hier rumgeschlichen seid und durch die Fenster geschaut habt«, sagte er.

Aladdin wand sich.

»Wir wollten wissen, ob du es bist, der das Essen aus dem Restaurant mitnimmt«, sagte er schließlich. »In der letzten Zeit läuft es nicht so gut für Mama und Papa und da wollten wir einfach den Dieb finden.«

»Dann war das also eure Freundin, die hinter dem Haus rumlief, als ich vorige Woche vom Einkaufen kam?«, fragte Mats.

Billie wurde knallrot und Aladdin ebenso.

»Ja«, stammelte Aladdin und fasste sich dann ein

Herz. »Du hast Papa angelogen, denn du hast gesagt, dass du zu deiner Mutter fahren würdest, aber das hast du gar nicht gemacht. Du warst hier in Åhus.«

»Und da habt ihr gedacht, dass ich der Essensdieb sein müsste?«, fragte Mats.

»Ja«, sagte Billie und Aladdin nickte.

Mats sah sie an und lachte.

»Das war gar nicht so schlecht geraten«, sagte er erschöpft, »denn ihr habt vollkommen recht. Ich war es, der das ganze Essen mitgenommen hat. Aber ich habe es nicht für mich getan, sondern für die Kinder und die anderen auf dem Flüchtlingsschiff.«

Aladdin und Billie blieb der Mund offen stehen.

Dann hatte also Mats das ganze Essen gestohlen.

In dem Augenblick hörten sie Schritte auf der Treppe, und schon bald schauten zwei Kinder ins Wohnzimmer, ein Mädchen im Rock und ein Junge in kurzen Hosen.

»Kommt rein«, forderte Mats sie auf und winkte sie zu sich. »Dann schaffen wir mal diese Geschichte aus der Welt.«

28.

Die Kinder hießen Nadia und Benjamin. Sie waren so weit und so lange gereist, dass Aladdin gar nicht richtig folgen konnte, als Mats das alles erzählte. Doch er verstand so viel, dass sie am Ende mit dem Flüchtlingsschiff den ganzen weiten Weg von Syrien nach Åhus gekommen waren.

»Durch einen guten Freund habe ich die Eltern von Nadia und Benjamin kennengelernt. Sie haben mich gefragt, ob die Kinder bei mir wohnen könnten, während die Eltern selbst nach einer besseren Lösung suchten, sodass sie hier in Schweden bleiben und zusammen wohnen könnten.«

»Aber du hast doch gesagt, dass sie sich verstecken«, meinte Aladdin.

»Das tun sie auch«, sagte Mats. »Die Eltern suchen hier in Schweden Schutz, denn in ihrem Heimatland haben sie viele Feinde, und zwar so viele, dass der

Vater der Kinder fürchtet, sie könnten ihnen den ganzen weiten Weg nach Schweden gefolgt sein. Ehe er das nicht sicher weiß, müssen die Kinder versteckt gehalten werden. Das ist eine komplizierte Geschichte, denn eigentlich sollten sie sich ja nicht verstecken müssen. Alles wird besser werden, wenn sie nur erst hier in Åhus wohnen dürfen oder auch woanders, wo sie sicher sind.«

Mats seufzte und raufte sich die Haare.

»Ich hoffe so sehr, dass sie hier bleiben dürfen, denn ich weiß nicht, was sonst mit ihnen geschehen wird.«

Die Kinder schienen nicht viel von dem zu verstehen, was um sie herum geredet wurde. Sie setzten sich auf den Fußboden und hörten zu. Aladdin versuchte zu begreifen, was Mats da erzählte. Dass die Eltern der Kinder in ihrem Heimatland Feinde hatten und deshalb in Schweden bleiben mussten. Und dass sie gleichzeitig Angst hatten, dass ihre Widersacher auch nach Åhus gekommen sein könnten, um nach ihnen zu suchen. So war das für Aladdin und seine Familie nie gewesen, zumindest nicht, soviel er wusste.

Es war doch zu dumm, dass Aladdin und Billie nicht mit den Kindern reden konnten. Das wäre sowohl leichter als auch spaßiger gewesen. Aber vielleicht blieben sie ja tatsächlich in Åhus, dann würden sie mit

Aladdin in die Schule gehen. Und er begann zu hoffen, das Mädchen und der Junge könnten seine Freunde werden.

Aladdin konnte den Blick nicht von Benjamin wenden. Er sah dem Jungen mit den kurzen Hosen wirklich ähnlich, sehr, sehr ähnlich.

»Ich sehe, dass du Benjamin anschaust«, sagte Mats, »kennst du ihn?«

»Ein wenig«, murmelte Aladdin.

»Er war ziemlich oft beim Wasserturm«, erklärte Mats, »denn er wartet gern auf mich, wenn ich Dienstschluss habe. Ich habe versucht, ihm zu erklären, dass es am besten ist, wenn er sich nicht vom Haus wegbewegt, aber natürlich will er auch nicht tagein, tagaus hier rumsitzen.«

»Hat er noch andere Kleider als die, die er jetzt trägt?«, fragte Aladdin nachdenklich.

»Ja, natürlich!«, sagte Mats und klang schon wieder wütend.

»Ich meinte nur, dass ich einen Jungen gesehen habe, der ihm sehr ähnlich sieht«, beeilte sich Aladdin zu sagen, »und einmal hab ich ihn in unserem Keller gesehen. Da trug er kurze Hosen und eine Jacke.«

Mats runzelte die Stirn.

»Das kann sein, dass er solche Kleider hat. Ich finde

ja auch, dass es für die kurzen Hosen zu kalt ist, aber er scheint dicke Strümpfe an den Beinen zu haben. Und die Hosen gehen ja doch bis zu den Knien. Aber … ich kann ehrlich nicht sagen, was er trägt, wenn ich arbeite. Vielleicht gehört er ja auch zu den Menschen, die nie frieren.«

Aladdin wünschte, er könnte mit den Kindern sprechen, dann wäre alles viel leichter.

»Warum hast du das Essen einfach genommen?«, fragte er stattdessen. »Wenn du nur darum gebeten hättest, dann hätten Mama und Papa es dir doch gegeben.«

Mats verzog das Gesicht.

»Ich wollte am liebsten niemandem von meinen kleinen Besuchern erzählen«, sagte er. »Da tauchen ganz schnell eine Menge Fragen auf. Außerdem haben Benjamins und Nadias Eltern gesagt, die Kinder könnten nur bei mir wohnen, wenn ich niemandem davon erzähle.«

»Aber du hast doch den Leuten auf dem Schiff auch Essen gebracht«, sagte Aladdin. »Das hätten Mama und Papa sicher auch gern getan. Deshalb stellen wir ja jeden Abend diese Tüte mit Essen raus.«

Mats sah traurig aus.

»Ich weiß«, sagte er. »Ich weiß. Aber ich hatte solch eine Angst, dass es eine Menge Gerede geben würde, warum ausgerechnet ich den Menschen auf dem Boot helfen will. Da habe ich einen Riesenfehler gemacht. Und … ich wusste wirklich nicht, wie schlecht es um die Finanzen deiner Eltern bestellt ist. Ich dachte, im Unterschied zu mir hätten sie jede Menge Geld. Ich werde deiner Mutter das alles morgen erzählen. Und ich wäre froh, wenn du bis dahin noch nichts davon sagen würdest, sodass sie es von mir hört und nicht von dir.«

Aladdin nickte.

»Aber sie weiß schon, dass du eine von den Tüten genommen hast«, sagte er.

»Das hat sie heute gesagt, aber wir hatten keine Gelegenheit, weiter darüber zu reden«, meinte Mats. »Morgen erkläre ich alles.«

Er sah auf die Uhr.

»Jetzt muss ich mal Essen kochen«, sagte er. »Deshalb müsst ihr leider nach Hause gehen.«

Aladdin war ein wenig enttäuscht. Jetzt wussten sie, wer die Kinder waren und warum das Essen verschwunden war. Aber das Silber. Warum war es nur so schwer herauszufinden, was damit geschehen war?

Er konnte es nicht lassen, sondern musste noch einmal fragen.

»Sag mal, dieses Silber, was verschwunden ist«, begann er, »du weißt nicht zufällig, wer das genommen haben könnte?«

Da sah Mats erst so wütend aus, dass Aladdin schon bereute, überhaupt etwas gesagt zu haben. Doch dann beruhigte er sich und saß lange in seinem Sessel und schien darüber nachzugrübeln, was er antworten sollte.

»Okay«, sagte er dann mit so leiser Stimme, dass Aladdin und Billie sich vorbeugen mussten, um ihn überhaupt zu verstehen. »Wenn ich euch schon alles andere erzählt habe, dann könnt ihr das hier auch erfahren.«

Er kratzte sich den Bart und sah an Aladdin und Billie vorbei, die gespannt wie zwei Flitzebogen auf dem Sofa kauerten und lauschten.

»Ihr kennt die Geschichte ja bestimmt«, fuhr Mats langsam fort, »denn sonst wäret ihr nicht hier. Ihr wisst, dass alle meinten, mein Urgroßvater Orvar habe das Silber gestohlen, um den Silberschmied zu bestrafen, der das Mädchen bekommen hatte, in das sie beide verliebt waren.«

Billie und Aladdin nickten eifrig.

»Eigentlich kann ich dem nicht viel hinzufügen«, sagte Mats, »außer dass es in meiner Familie immer als eine große Schande empfunden wurde, einen vermeintlichen Dieb in der Verwandtschaft gehabt zu haben.

Doch Schande hin oder her – Tatsache ist, dass Orvar … wirklich derjenige war, der das Silber genommen hat.«

Aladdin und Billie hielten die Luft an.

Zum ersten Mal wussten sie es jetzt sicher. Orvar war der Dieb gewesen. Nicht der Schmied.

»Ist das wahr?«, wisperte Billie.

»Woher weißt du das?«, fragte Aladdin.

Er war so aufgeregt, dass er kaum still sitzen konnte.

»Als Orvar starb, hinterließ er ein Testament«, erklärte Mats. »Na, ihr wisst schon, so einen Brief, in dem er geschrieben hatte, was mit seinen Sachen passieren sollte, wenn er tot war. In diesem Brief gestand er, dass er der Dieb gewesen war und dass er das sein halbes Leben lang bereut hatte.«

»Aber warum hat er das Silber dann nicht einfach zurückgegeben?«, fragte Aladdin.

»Das konnte er nicht«, meinte Mats, »denn er schämte sich zu sehr. Im Testament schrieb er, er habe die Hoffnung, dass jemand anderes ihm bei der Sache helfen würde. Er selbst sei zu feige.«

Aladdins Herz schlug schneller.

»Hat er geschrieben, wo er die Silbersachen versteckt hat?«

Mats seufzte.

»Nein, leider nicht. Wartet, ich kann euch das Testament zeigen. In irgendeinem Ordner habe ich eine Kopie davon.«

Er stand auf und kam bald mit einem Papier zurück, das vom Alter schon ganz vergilbt war. Es war eine schlechte Kopie, aber man konnte trotzdem sehen, was dort stand.

Aladdin und Billie streckten sich beide nach dem Blatt und lasen gemeinsam. Aladdin sah, wie Benjamin und Nadia sie beobachteten. Hoffentlich würde er ihnen eines Tages, wenn sie mal so lange in Åhus waren, dass sie Schwedisch konnten, alles erzählen können.

Das Testament bestand aus lauter alten Wörtern. Manchmal war es so verschnörkelt geschrieben, dass Aladdin es kaum verstand. Doch dann kam ein Satz, der ihn aufhorchen ließ.

»Nun wacht Orion über das Silber«, stand dort.

»Was heißt das denn?«, fragte er Mats und zeigte auf die Passage.

»Der Orion ist ein Sternbild am Himmel«, sagte Mats. »In unserer Familie ist das so interpretiert worden, dass er das Silber unter freiem Himmel abgelegt hat, sodass jeder, der es fand, es nehmen konnte.«

Aladdin sank im Sofa zusammen.

Alles war vorbei.

Jeder Beliebige hatte das Silber nehmen und sich darüber ausschweigen können. Vielleicht war er auch vom Ort weggezogen.

Er musste sich eingestehen, dass sie das Silber niemals finden würden.

Aladdin konnte sich nicht entsinnen, wann er das letzte Mal so enttäuscht gewesen war.

»Es tut mir leid«, sagte Mats. »Ich wünschte, ich hätte eine bessere Nachricht, aber es ist nun mal so. Aber jetzt müsst ihr wirklich nach Hause gehen, ich habe noch tausend Dinge zu erledigen.«

Er nahm das Testament wieder an sich und ging zur Haustür.

Aladdin und Billie folgten ihm. Billie winkte den beiden Kindern, die auf dem Fußboden saßen, vorsichtig zu. Die beiden redeten leise miteinander. Das Mädchen, Nadia, lächelte und winkte zurück. Aladdin sah zu dem Jungen.

»Weißt du übrigens, wer der Silberjunge ist?«, fragte er Mats.

»Ein erfundener Gespensterjunge«, erwiderte dieser kurz.

»Das heißt, du glaubst nicht daran, dass es Orvars Sohn sein soll, der immer noch nach dem Silber sucht?«

»Ich glaube nicht an Gespenster. Aber ich glaube daran, dass man sich recht verhalten soll, und Orvar hat sich falsch verhalten, als er das Silber genommen hat. Deshalb sagen wir, die von seiner Verwandtschaft noch übrig sind, dass wir alle ein bisschen was Gutes tun müssen. Deswegen zum Beispiel helfe ich diesen Kindern.«

Er zeigte auf Nadia und Benjamin.

»Wenn alle sich nur ein bisschen mehr anstrengen würden, würde vieles besser werden«, sagte er.

Als Aladdin und Billie aus dem Haus kamen, hatte es wieder zu schneien begonnen.

»Jetzt wacht Orion über das Silber.«

Aladdin biss sich in die Unterlippe. Irgendetwas an diesem Orion kam ihm bekannt vor, er konnte sich nur nicht erinnern, wann er das Wort zuletzt gehört hatte.

»Nun wird nichts aus dem Silber«, meinte Billie.

»Nein, offensichtlich nicht«, erwiderte Aladdin.

So marschierten sie schweigend durch den Schnee, Billie zu sich nach Hause und Aladdin den ganzen Weg zurück zum Wasserturm. Wieder und wieder musste er an Orion denken.

Wann hatte er davon schon mal gehört?

29.

Aladdins Mutter arbeitete lange an diesem Abend und kam erst spät, um ihm Gute Nacht zu sagen.

»Jetzt lies nicht mehr so lange«, sagte sie, als sie ging.

Doch Aladdin las nicht. Er lag nur im Bett und dachte nach. Die Gedanken flogen wie Vögel durch seinen Kopf: Er dachte an die Kinder, denen er begegnet war, mit denen er aber nicht hatte sprechen können. Und er dachte an Mats, der versuchte, etwas Gutes zu tun, weil sein Urgroßvater sich einst sehr falsch verhalten hatte.

Aladdin wusste nicht warum, doch irgendwie hatte er gehofft, dass Orvar nicht der Dieb sein würde, sondern jemand ganz anderes. Am allermeisten aber hatte er gehofft, dass sie das Silber schnell und einfach finden würden. Aber so einfach schien es nicht zu sein. Das Silber war weg.

»Nun wacht Orion über das Silber.«

Aladdin warf sich im Bett herum. Er wusste, dass er den Namen Orion schon einmal gesehen oder gehört hatte, er konnte sich nur um keinen Preis daran erinnern, wann das gewesen sein könnte.

Hatte der Pfarrer vom Orion gesprochen?

Oder vielleicht Ella?

Nein. Wie angestrengt er auch überlegte, er konnte sich nicht erinnern.

Stattdessen glitten seine Gedanken zu dem hinüber, was sein Vater am Telefon gesagt hatte: dass sie miteinander reden würden, wenn er nach Hause kam. Das klang gerade so, als habe Papa sich schon entschieden. Aber das konnte er doch nicht einfach machen, sie waren schließlich eine Familie. Das jedenfalls sagten Mama und Papa immer. Dass alle in der Familie zählten.

Vor Wut rang Aladdin die Hände. Wenn Mama und Papa in die Türkei ziehen wollten, dann mussten sie das alleine tun. Aladdin würde nicht mitgehen.

Das Klingeln seines Handys weckte ihn. Aladdin setzte sich verschlafen im Bett auf. Wer rief ihn denn so früh am Morgen an? Es war ja noch nicht einmal sieben Uhr!

Schnell stand er auf und fiel dabei fast über eines der

Modellflugzeuge, die auf dem Boden standen. Mit ungelenken Fingern nahm er das Telefon vom Schreibtisch und ging ran.

»Hallo?«

Er hörte Simona lachen.

»Selber hallo, schläfst du noch, oder was?«

»Äh, nein, oder doch, vielleicht ein bisschen.«

Das war typisch Simona, so früh anzurufen und dann davon auszugehen, dass alle anderen auch schon wach waren.

»Ich habe grade mit Billie geredet«, sagte Simona, »sie hat mir erzählt, was gestern passiert ist.«

Billie? War die etwa auch schon so früh auf?

Aladdin vermochte seine Gedanken kaum zu ordnen, wie er da nur im Schlafanzug stand.

»Bloß schade, dass ihr immer noch nicht wisst, wo das Silber ist«, fuhr Simona fort.

»Ja«, murmelte Aladdin, »das ist schade.«

Er trat ans Fenster und zog die Gardine auf. Draußen war es immer noch dunkel.

Dann hörte er Schritte auf der Treppe. Das war natürlich seine Mutter. Sie blieb vor seiner Tür stehen und klopfte leise an.

»Aladdin?«, fragte sie vorsichtig. »Bist du wach?«

»Ich telefoniere«, sagte er laut. »Komme gleich!«

Er ließ sich auf dem Schreibtischstuhl nieder.

»Ich kann jetzt nicht länger reden«, sagte er zu Simona. »Wolltest du was Bestimmtes?«

»Ich wollte dir nur sagen, dass ich mit Papa geredet habe. Er wird deine Eltern morgen anrufen. Er hat schon ein paarmal im ›Türken im Turm‹ gegessen und liebt euer Essen. Vielleicht wird ja was draus!«

Aladdin war so erleichtert, dass er fast laut losbrüllte. Doch er verkniff es sich und grinste stattdessen breit.

»Fantastisch! Das werde ich gleich meiner Mutter erzählen.«

Jetzt brauchten sie das alte Silber des Schmieds gar nicht mehr, das hier war viel besser!

»Tu das. Und ruf mich an, wenn sich in der Sache mit dem Silber was tut«, sagte Simona.

Aladdin versprach es. Dann warf er das Telefon auf den Tisch und lief schnell zu seiner Mutter hinauf, die gerade das Frühstück aufdeckte.

»Simona hat angerufen«, sagte er. »Ihr Vater wird sich morgen bei dir melden.«

Und dann erzählte er atemlos, was Simona gesagt hatte. Als er fertig war, strich seine Mutter ihm lächelnd über die Wange.

»Was für wunderbare Freundinnen du hast«, sagte sie.

Dabei klang sie aber ganz und gar nicht so glücklich, wie er gehofft hatte. Auf dem Frühstückstisch lag ein Fotoalbum, das Aladdin ganz genau kannte. Es war voller Bilder von ihm, als er noch klein war und sie neu in Åhus waren.

»Darin habe ich gestern geblättert«, sagte seine Mutter.

Aladdin hatte diese Bilder schon hundertmal gesehen. Seine Mutter fand es wichtig, dass man seinen Ursprung kannte, wie sie es formulierte. Dann würde man wissen, woher man käme und wie man zu dem geworden sei, der man war.

Doch an diesem Morgen hatte Aladdin nicht die geringste Lust, alte Fotos anzusehen.

»Findest du das denn nicht toll?«, fragte er hartnäckig. »Ich meine, das mit Simonas Vater und seiner Arbeit? Da könntet ihr doch ganz viel Essen verkaufen.«

Seine Mutter antwortete nicht, sondern sah nur schweigend auf das Album. Dann setzte sie sich Aladdin gegenüber.

»Das wäre natürlich wunderbar«, sagte sie. »Aber … ich habe gestern mit Papa telefoniert, wir haben lange geredet. Und ich muss zugeben, Aladdin, dass ich allmählich den Gedanken, in die Türkei zurückzugehen, gut finde.«

Aladdin starrte seine Mutter an.

»Das wäre natürlich anstrengend für uns alle drei«, fuhr sie fort. »Schließlich haben wir über zehn Jahre lang nicht dort gewohnt. Doch ein kleiner Teil von mir hat sich immer zurückgesehnt. Und jetzt, wo die Schweden so viel dorthin fahren, hört man allerorten von der Türkei. Wir könnten es da unten an der Küste so schön haben. Stell dir vor, man wäre den ganzen Schnee los.«

Sie lachte und zeigte aufs Fenster.

»Stell dir mal vor«, sagte sie wieder, »kein grässlicher Schnee und keine Kälte. Klingt das nicht großartig?«

Da endlich gewann Aladdin seine Sprache zurück.

»Nein«, sagte er. »Nein!«

Mit einem Mal war er so wütend, dass er vom Stuhl hochfuhr. Die ganze Sorge und die Wut, die er in der letzten Zeit gefühlt hatte, explodierten einfach.

»Nein!«, schrie er. »Nie im Leben ziehe ich um! Wenn ihr das wollt, dann macht das ohne mich! Ich bleibe nämlich hier in Åhus!«

Noch ehe seine Mutter etwas erwidern konnte, rannte er raus und in sein Zimmer runter.

Oben bei seiner Mutter klingelte das Telefon. Gut, da konnte sie schon mal nicht hinter ihm herkommen.

Schnell zog er seine Kleider an und flitzte ins Bad, um sich die Zähne zu putzen. Dann stieg er in seine Schuhe, warf sich die Jacke über und rannte raus. Wie ein Verrückter eilte er durch den Schnee den ganzen Weg zu Billie.

Atemlos und verschwitzt bollerte er an die Tür.

Josef, der Freund von Billies Mutter, machte auf.

»Ist der Krieg ausgebrochen, oder was?«, fragte er. »Du hast so an die Tür gedonnert, dass ich schon dachte, sie würde uns in die Diele krachen.«

»Ist Billie zu Hause?«, keuchte Aladdin.

Da tauchte auch schon Billie neben Josef auf. Sie riss die Augen auf, als sie Aladdin erblickte.

»Was ist passiert?«, fragte sie.

»Mama sagt, dass wir umziehen«, sagte Aladdin. »Darf ich dann bei euch wohnen?«

Billies Mutter lud Aladdin zum Frühstück ein, sagte aber, dass er nicht so lange bleiben könne, denn Billie musste ihren Bus nach Kristianstad erwischen.

»Aber ist doch klar, dass er hier wohnen darf, oder?«, fragte Billie.

Ihre Mutter sah zu Aladdin hinüber.

»Ja, natürlich, das darf er. Aber was meinst du wohl, was Aladdins Eltern dazu sagen werden?«

»Das ist mir schnurz!«, sagte Billie wütend.

Ihre Mutter beugte sich über den Tisch zu Aladdin.

»Was genau hat deine Mutter denn gesagt, als ihr euch unterhalten habt?«, fragte sie.

Aladdin legte das Butterbrot beiseite, das er in der Hand hatte. Er konnte sich haargenau an jedes Wort erinnern, das sie über den Schnee und die Sonne gesagt hatte und wie toll alles werden würde.

Billies Mutter schüttelte den Kopf.

»Ich glaube, dass du zu heftig reagierst«, sagte sie schließlich. »Das klingt ganz und gar nicht so, als ob sie sich schon entschieden hätte. Aber ich glaube, sie denkt über die Sache nach, und das ist ihr gutes Recht.«

»Ne«, sagte Aladdin, »aber da müssen sie doch auch mit mir reden.«

»Genau«, sagte Billies Mutter, »das ist so. Aber das tun sie ja auch. Sie reden mit dir. Zum Beispiel heute Morgen.«

Josef setzte sich mit einer Kaffeetasse in der Hand an den Tisch.

»Das alles muss sehr schwer für deine Eltern sein«, sagte er. »Ganz sicher wollen sie nur das Beste für dich. Aber was sollen sie denn machen, wenn sie das Restaurant nicht halten können? Dann müssen sie sich etwas anderes ausdenken.«

»Aber warum müssen sie dafür denn den ganzen Weg bis in die Türkei fahren?«, fragte Billie sauer. »Sie könnten sich doch was anderes hier in Åhus ausdenken.«

Billies Mutter lächelte.

»Also, so einfach ist das nun auch wieder nicht.«

»Doch.«

»Nein, Billie, das ist es nicht.«

Es wurde still um den Tisch.

»Billie hat uns von eurer Jagd nach dem Silber erzählt«, sagte Josef nach einer Weile.

Aladdin nickte.

»Bloß schade, dass wir das Silber nicht selbst gefunden haben«, sagte Billie.

»Aber ihr habt doch zumindest einen Hinweis bekommen«, meinte ihre Mutter.

Billie stöhnte nur.

»Ja, aber der bringt uns nun überhaupt nicht weiter. Das mit Orion. Total blöd.«

Und wieder hatte Aladdin das seltsame Gefühl, schon in anderem Zusammenhang vom Orion gehört zu haben. Er biss in sein Brot. Es fühlte sich nicht mehr so wichtig an wie vorher, das Silber zu finden.

»Als ich klein war, hatte ich einen Papagei, der Orion hieß«, sagte Josef lachend.

Billie verdrehte die Augen.

»Man kann doch einen Vogel nicht Orion nennen«, sagte sie.

Da.

Billie hatte den Satz noch kaum zu Ende gesagt, als Aladdin sich mit einem Mal erinnerte, wo er den Namen Orion gesehen hatte.

»Ich weiß, wer Orion ist!«, rief er. »Ich weiß, wo das Silber ist!«

30.

Von Billies Haus aus konnte man durch ein Tannenwäldchen auf der anderen Straßenseite eine Abkürzung in die Stadt nehmen. Aladdin und Billie liefen zwischen den hohen Bäumen hindurch. Keiner von beiden sagte etwas, nur das Rauschen des Windes war zu hören und die Geräusche von der Straße auf der anderen Seite des Wäldchens.

»Wohin laufen wir denn?«, fragte Billie, als sie nicht mehr rennen konnten und nun langsamer gingen.

»Hab ich doch schon gesagt«, sagte Aladdin. »Zur Kirche.«

»Ja, aber du hast nicht gesagt, warum!«

Das hatte er auch nicht vor. Nicht, ehe er sicher wusste, dass er richtig geraten hatte.

Billies Mutter war nicht gerade froh gewesen, als sie weggelaufen waren. Oder besser gesagt, sie war richtig wütend geworden.

»So eilig kann das gar nicht sein«, hatte sie gesagt. »Ihr müsst schließlich in die Schule.«

Doch in diesem Augenblick war sowohl Aladdin als auch Billie die Schule total egal. Das hier war wichtiger.

»Wir müssen noch mal diese Fotos ansehen«, erklärte Aladdin. »Ella hat doch gesagt, sie würde sie beim Pfarrer deponieren.«

»Was machen wir, wenn der Pfarrer nicht da ist?«, fragte Billie.

»Das ist er bestimmt«, erwiderte Aladdin und hoffte, dass er recht hatte.

Und so war es. Allerdings war nicht nur der Pfarrer in der Kirche, sondern auch noch eine Menge älterer Leute, für die der Pfarrer eine Art Führung durch die Kirche unternahm. Mit lauter Stimme erzählte er über die Kanzel und die Orgel.

Erstaunt blieben Aladdin und Billie auf der Schwelle stehen. Als sie den Kirchenraum betraten, drehten sich mehrere Leute nach ihnen um. Der Pfarrer lächelte, als er sie erkannte.

»Da haben wir noch mehr Frühaufsteher«, sagte er. »Herzlich willkommen, setzt euch nur hin. Wir sind gleich fertig.«

Weder Billie noch Aladdin gingen sonst in die Kirche und ihre Eltern auch nicht. Als Aladdin in der harten

Kirchenbank saß und darauf wartete, dass der Pfarrer Zeit für sie hatte, fragte er sich, warum man es sich in den Kirchen nicht ein bisschen bequemer machte. Man könnte zum Beispiel mit so weichen Sesseln in Reihen sitzen wie im Kino. Womöglich könnte man auch Popcorn und Süßigkeiten verkaufen, während der Pfarrer redete.

Billie war beleidigt, weil Aladdin nicht erzählen wollte, was ihm eingefallen war, aber das war egal. Aladdin hatte nicht vor, auch nur einen Pieps zu verraten, ehe sie nicht die Fotos in Händen hatten. Und dann würde auch Billie es sofort begreifen.

Geduldig und still saßen sie da und warteten. Obwohl es langweilig und unbequem war, merkte Aladdin doch, dass er gern in der Kirche saß. Es beruhigte, an diesem Ort zu sein. Wenn er bedachte, wie wütend er am Morgen gewesen war, tat es ihm gut, sich ein wenig zu entspannen.

Ich ziehe nicht um, dachte er bei sich. Das mache ich einfach nicht mit. Nicht einmal für Großmutter und Großvater.

Endlich war die Führung beendet.

»Ihr werdet noch die fleißigsten Kirchgänger in ganz Åhus«, sagte der Pfarrer, als er zu ihnen kam. »Womit kann ich euch diesmal helfen?«

Aladdin erklärte, warum sie gekommen waren.

»Ach so«, sagte der Pfarrer und machte eine nachdenkliche Miene. »Ella hat also gesagt, sie würde die Fotos in der Kirche deponieren. Na, dann gehen wir wohl mal in mein Büro und suchen danach.«

Das Arbeitszimmer des Pfarrers war das kleinste Zimmer, das Aladdin je in seinem Leben gesehen hatte. Sie passten kaum zu dritt hinein.

»Nun wollen wir mal sehen«, sagte der Pfarrer. »Wo könnte sie die Fotos hingelegt haben?«

»Da!«, sagte Billie, die sogleich den Karton erkannte, den Ella bei sich gehabt hatte. Sie zeigte auf eines der Bücherregale.

»Du meinst den hier?«, fragte der Pfarrer und reichte ihnen den Karton.

Aladdins Hände zitterten ein wenig, als er den Deckel des Kartons abhob. Sehr richtig, da waren die Fotos.

»Nun zeig mal«, sagte Billie ungeduldig.

Aladdin blätterte vorsichtig die Fotos durch und fand schließlich, was er suchte. Das große Foto von Orvars Hund, das der Pfarrer hatte machen lassen, weil seine Kinder das Tier so gern mochten.

»Sieh nur«, flüsterte er und reichte Billie das Bild.

Sie schaute, ohne jedoch etwas zu verstehen.

»Da. Sieh nur, das Namensschild am Halsband des Hundes.«

Aladdin hörte, wie Billie den Atem anhielt.

Orion. So stand es auf dem Halsband.

Ohne zu verraten, von wem er die Geschichte hatte, erzählte Aladdin dem Pfarrer, wo das Silber sein musste.

»Aber wie kannst du das denn alles wissen?«, fragte der Pfarrer.

»Ich hab versprochen, das nicht zu verraten«, sagte Aladdin.

»Dann war also Orvar der Dieb?«, fragte der Pfarrer.

Aladdin schüttelte den Kopf. Er hatte Mats versprochen, so wenig wie möglich zu erzählen, und dieses Versprechen wollte er auch halten.

»Ich habe nicht gesagt, dass Orvar der Dieb war, ich habe nur gesagt, dass das Silber bei dem Hund begraben ist.«

Er reichte dem Pfarrer die Fotografie. Wenn sie nur rauskriegen würden, wo Orvar seinen geliebten Hund begraben hatte, dann würden sie auch das Silber finden.

»Aber wie sollen wir das herausbekommen?«, fragte Billie.

»Da kann ich euch helfen«, sagte der Pfarrer eifrig.

»Wenn ihr einfach schon rausgeht, während ich mich umziehe, dann zeige ich euch, wo Orion begraben ist.«

Aladdin und Billie gingen in die Kirche zurück. Der Pfarrer wollte offenbar nicht in seinem Talar draußen rumlaufen und nach toten Hunden suchen. Das konnte man natürlich verstehen, aber gleichzeitig waren sie so ungeduldig, dass sie kaum mehr warten konnten.

»Mensch, Mensch, Mensch, wenn wir das Silber finden!«, sagte Billie.

»Das wäre der Wahnsinn«, pflichtete Aladdin ihr bei.

Billie sah auf die Uhr.

»Ich werde fett zu spät kommen«, sagte sie.

»Ich auch«, meinte Aladdin. »Aber ich kann wenigstens sagen, dass es was mit meiner Schularbeit zu tun hat.«

Åsa, seine Lehrerin, würde sehr beeindruckt sein, wenn er am Ende seines Aufsatzes sagen könnte, dass das Silber wieder aufgetaucht war.

»Und jetzt verpasst Simona das hier alles«, sagte Billie.

»Sie wird ausflippen«, meinte Aladdin.

Da kam der Pfarrer und er war fast nicht wiederzuerkennen. Er hatte eine dicke Winterjacke an und eine große Pelzmütze auf dem Kopf. In der Hand hielt er einen Spaten.

»Wie sollen wir graben können, wenn es doch so kalt ist?«, fragte Aladdin. »Ist der Boden nicht gefroren?«

»Wart mal ab«, sagte der Pfarrer.

Er trat vor ihnen aus der Kirche und dann gingen sie hintereinander einmal über den Friedhof: erst der Pfarrer mit dem Spaten, dann Aladdin und schließlich Billie.

Alle drei waren so beschäftigt, dass sie den Jungen in den kurzen Hosen nicht bemerkten, der hinter der Kirchenecke hervorschaute. Er sah ihnen nach, als sie den Friedhof verließen und weiter zum Pfarrhof gingen.

»Hier wohne ich mit meiner Familie«, sagte der Pfarrer, »so wie auch schon alle anderen Pfarrersfamilien des Ortes hier gewohnt haben. Als Orvars Hund starb, waren die Pfarrerskinder sehr traurig. Deshalb ließ sich Orvar darauf ein, den Hund in ihrem Garten zu begraben. Genauer gesagt: hier.«

Der Pfarrer blieb unter einem Baum an einer Stelle stehen, wo jemand ein kleines Eisenkreuz in den Boden gesteckt hatte.

»Keine der späteren Pfarrersfamilien hat je daran gedacht, das Hundegrab zu verlegen. Es darf dort sein, wo es ist.«

Der Boden war schneebedeckt. Aladdin betrachtete

skeptisch den Spaten. Wie in aller Welt wollte der Pfarrer damit in der gefrorenen Erde graben?

Seine Antwort bekam er, als der Pfarrer den Schnee beiseiteschaufelte und ein Steinhaufen sichtbar wurde.

»Wenn ich mich recht entsinne«, sagte der Pfarrer, »ist der Hund nicht in der Erde, sondern unter Steinen bestattet.«

Er klopfte mit dem Spaten auf den Steinhaufen und konnte einige davon lockern. Dann hielt er inne und sah Aladdin und Billie ernst an.

»Wir heben die Steine weg und sehen mal, was darunter ist. Wenn wir nichts finden, dann müssen wir im Frühjahr kommen, wenn die Erde weich ist, okay?«

Aladdin und Billie nickten nervös.

Der Pfarrer schlug noch mehr Steine los. Aladdin und Billie halfen, sie beiseitezulegen. Schließlich hatte der Pfarrer fast den ganzen Steinhaufen abgetragen. Die letzten Steine nahmen sie mit der Hand weg.

Eifrig beugten sich alle drei vor und betrachteten den Boden darunter.

Es war nichts zu sehen.

Aladdin spürte die Enttäuschung. Was hatte er nur erwartet? Dass das Silber einfach da liegen und auf sie warten würde? Natürlich hatte schon jemand von Mats'

Verwandten das Testament gelesen und ebenfalls kapiert, wer Orion war, und dann das Silber geholt.

Der Pfarrer stocherte mit dem Spaten an verschiedenen Stellen in der Erde. Der Boden war hart wie Zement. Völlig hoffnungslos.

Bis auf eine Stelle, da schaffte der Pfarrer es, einen kleinen Klumpen Erde loszuschlagen. Aladdin erstarrte, denn unter der Erde schaute ein Stück Stoff heraus.

Der Pfarrer streckte sich.

»Seht ihr?«, sagte er. »Ein alter Stoffsack.«

»Ziehen Sie mal dran!«, sagte Aladdin.

»Das werde ich versuchen«, sagte der Pfarrer. »Wenn nur …«

»Wenn nur was?«, fragte Billie.

»Ja, wenn nur nicht der Hund in diesem Sack liegt.«

»Wir können doch vorsichtig nachsehen«, sagte Aladdin. »Und fühlen. Wir müssen ja nicht den ganzen Sack rausholen.«

Darauf ließ sich der Pfarrer ein. Mit kleinen Spatenstichen konnte er etwas mehr von dem Stoffsack freilegen. Dann ging er in die Hocke und befühlte ihn.

Langsam wandte er sich Aladdin und Billie zu.

»Ich kann das kaum glauben«, sagte er. »Aber mir scheint, als hätten wir das verschwundene Silber gefunden.«

Er riss mit den Fingern ein Loch in den Stoff. Aladdin und Billie hockten sich rechts und links von ihm hin. Aladdin sank im Schnee auf die Knie und versuchte, in den Sack zu schauen.

»Warte«, sagte der Pfarrer.

Er holte eine Streichholzschachtel aus der Jackentasche. Als er eines der Hölzer anzündete, stob die Flamme auf. Er hielt sie so nah an den Stoff, wie es ging, ohne dass dieser Feuer fing.

»Jetzt sieh nach«, sagte er zu Aladdin.

Aladdin sah in den Sack.

Und er traute seinen Augen kaum, als er die Streichholzflamme über schmutziges altes Metall flackern sah.

31.

Sie saßen im Pfarrhaus und betrachteten das Silber. Der Pfarrer hatte den Stoffsack und das Silber mit ein paar Zeitungen als Unterlage auf den Esstisch gelegt. Man konnte kaum erkennen, dass es sich um Silberzeug handelte, denn die Jahre in der Erde hatten das Metall dunkel gefärbt und verbogen. Aladdin fragte, was man wohl mit so alten Sachen noch anfangen könnte.

»Da muss ich mit dem Kirchengemeinderat sprechen«, sagte der Pfarrer. »Auch wenn es sehr lange her ist, hat doch die Kirche tatsächlich bereits für die meisten dieser Gegenstände bezahlt. Was nun weiter geschehen wird, weiß ich nicht. Aber einen Finderlohn werdet ihr natürlich bekommen.«

Finderlohn klang gut. Der würde aber kaum ausreichen, um Mama und Papa dazu zu bringen, in Åhus zu bleiben, zumindest nicht, wenn sie schon entschieden hatten, wegzuziehen. Allmählich legten sich Freude und Aufregung in Aladdin. Wenn er nach Hause kam, dann würde alles genauso sein wie vorher – traurig und elend.

Die Pfarrersfrau lud sie zu Saft und Kuchen ein, und sie mussten noch einmal erzählen, wie es ihnen gelungen war, das verschwundene Silber zu finden.

»Willst du immer noch nicht erzählen, wer der Dieb war?«, fragte der Pfarrer und betrachtete die Silbersachen.

Aladdin schüttelte den Kopf.

»In Ordnung«, sagte der Pfarrer. »Aber wir dürfen nicht vergessen, Ella zu erzählen, was geschehen ist.«

Nach einer Weile mussten die beiden nach Hause gehen. Der Pfarrer versprach, sich zu melden, sobald er wusste, was mit dem Silber geschehen sollte.

Aladdin und Billie verließen schweigend den Garten des Pfarrhofs.

»Soll ich mit dir nach Hause gehen?«, fragte Billie, als sie draußen auf dem Bürgersteig standen.

»Nein danke, ist schon in Ordnung«, sagte Aladdin.

»Sicher?«

»Ganz sicher.«

Er musste sich beeilen, nach Hause zu kommen. Seine Mutter fragte sich sicher, wohin er verschwunden war, ganz zu schweigen von seiner Lehrerin.

»Du weißt, dass du bei mir wohnen kannst, wenn deine Eltern wegziehen«, sagte Billie ernst.

Aladdin nickte schweigend. Die Frage war nur, ob er das wollte. Würde es nicht schöner sein, mit Mama und Papa zusammen zu sein, wo auch immer? Er musste an die Kinder in Mats' Keller denken. Die hatten nicht sonderlich froh darüber gewirkt, dort zu wohnen.

»Ich rufe dich heute Abend an«, sagte Aladdin zu Billie.

Dann drehte er sich um und ging in Richtung Wasserturm.

Zu Hause war es ganz still. Ob seine Mutter weggegangen war? Mit flinken Schritten ging er von einem Zimmer zum anderen und schließlich fand er sie. Sie saß oben im Restaurant und trank Kaffee.

»Hallo«, sagte Aladdin.

»Hallo«, sagte seine Mutter.

Er ging zum Tisch, an dem sie saß, und setzte sich.

»Tut mir leid, dass ich einfach so weggerannt bin«, sagte er leise.

Seine Mutter spielte mit ihrer Kaffeetasse.

»Ich habe mich zu entschuldigen«, sagte sie. »Weil ich nicht auf dich gehört habe und weil Papa und ich gelogen haben.«

Sie holte tief Luft. Aladdin wartete beunruhigt.

»Ich habe mit Papa gesprochen«, sagte sie bedächtig. »Noch einmal. Wir machen es so: Wir entscheiden nichts in Sachen Umzug, bevor wir nicht mit Simonas Vater gesprochen haben. Wenn er uns helfen kann, können wir vielleicht hierbleiben. Wenn nicht …«

Sie machte eine Pause.

»Wenn nicht, müssen wir es wagen, neue Alternativen zu suchen. Denn so kann es nicht bleiben. Papa und ich können nicht wie die Verrückten arbeiten und dich nie sehen. Und wir wollen auch nicht die ganze Zeit Angst haben müssen, dass das Geld nicht reicht. Das war früher nicht so und wir wollen das auch jetzt nicht. Okay?«

Aladdin nickte.

»Okay«, echote er mit leiser Stimme.

Seine Mutter streichelte seinen Arm.

»Wo warst du denn?«

Aladdins Miene hellte sich ein wenig auf.

»Zu Hause beim Pfarrer«, sagte er.

»Was in aller Welt …«, begann seine Mutter.

»Doch, wirklich«, sagte Aladdin. »Und weißt du was? Wir haben es gefunden. Wir haben das alte Silber gefunden!«

Seine Mutter lachte, und gleichzeitig sah es aus, als würde sie gleich weinen.

»Du bist genauso wie dein Vater«, sagte sie. »Für dich ist nichts unmöglich.«

Er wurde rot und zuckte mit den Schultern.

Manche Dinge waren schwer und manche leicht.

Aber unmöglich? Nein, nichts war unmöglich.

32.

Es wurde Dezember und Weihnachten nahte. Der Schnee schmolz und das Wasser lief über die Straßen. Aladdin beendete sein Schulprojekt über das verschwundene Silber. Seine Lehrerin Åsa klatschte, als er vor der Klasse stand und von seinen Erlebnissen berichtete.

»Was für eine Geschichte!«, rief sie, als Aladdin geendet hatte.

Zwei Wochen waren vergangen, seit sie im Pfarrgarten gegraben hatten. Die Kirche hatte entschieden, das Silberzeug zu behalten. Aladdin und Billie bekamen einen guten Finderlohn, den sie teilten. Aladdin wusste immer noch nicht, was er mit dem Geld machen würde. Vielleicht würde er sich ja das größte Modellflugzeug kaufen, das er je besessen hatte.

Sein Vater war aus der Türkei zurückgekehrt. Simonas Vater hatte sich gemeldet und gesagt, dass er einen

Vertrag mit dem ›Türken im Turm‹ schließen wolle. Das Restaurant von Aladdins Eltern sollte das Essen an sein Unternehmen liefern.

Wieder und wieder besprachen sie, was sie nun tun sollten. Aladdins Vater wollte am liebsten zurück in die Türkei gehen, doch nachdem einige Tage vergangen waren, merkte er wieder, wie sehr er Åhus mochte. Und da kamen die Zweifel.

Schließlich beschlossen sie, zu versuchen, noch einige Zeit zu bleiben.

»Aber, Aladdin, eins musst du wissen«, sagte sein Vater ernst. »Von Luft können wir nicht leben. Wenn das Restaurant hier in Åhus nicht funktioniert, dann müssen wir uns etwas anderes ausdenken. Vielleicht müssen wir umziehen. Wir müssen es positiv sehen, dass wir die Möglichkeit haben, in die Türkei zu ziehen, nicht jeder hat zwei Länder zur Auswahl.«

Die Menschen, die auf dem Flüchtlingsschiff gewohnt hatten, mussten an andere Orte umziehen, denn auf dem Schiff konnte man nicht mehr wohnen, nachdem es dort gebrannt hatte. In den Zeitungen schrieb man, dass die Flüchtlinge Übergangswohnungen in Kristianstad erhalten hatten. Dort würden sie auf den Bescheid warten können, ob sie weiterhin in Schweden bleiben durften. Nachdem keine Menschen mehr auf dem Schiff waren, verschwand es einfach. Ein Mann, der mit seinem Hund spazieren ging, sagte, er hätte gesehen, wie es ablegte. Mitten in der Nacht. Genauso, wie es in den Hafen gekommen war.

Nicht nur das Flüchtlingsschiff verschwand, sondern auch die Kinder, die Mats beherbergt hatte. Sie durften stattdessen wieder bei ihren Eltern wohnen. Nachdem Mats Aladdins Eltern alles gestanden hatte, wollte der Vater ihn eigentlich erst rausschmeißen, doch Aladdin protestierte. Mats hatte ja nicht gestohlen, um das Essen für sich zu behalten, sondern um es anderen zu geben.

»Hier geht es gar nicht darum, wem Mats das Essen gegeben hat«, sagte Aladdins Vater. »Es geht darum, dass deine Mutter und ich Mats nicht mehr vertrauen können. Er hätte zu uns kommen und uns die Wahrheit sagen sollen, denn dann hätte er das Essen auf jeden Fall bekommen. Vielleicht nicht so viel, wie er gestohlen hat, aber doch genug.«

»Woher hätte er das denn wissen sollen?«, fragte Aladdin.

Es endete damit, dass Mats bleiben durfte. Aber Aladdin merkte schon, dass sein Vater ihn oft misstrauisch beäugte.

»Das Silber ist gefunden, das Flüchtlingsschiff ist weg und der Essensdieb ist überführt«, fasste Billie zusammen. »Und – das Beste von allem – du kannst in Åhus wohnen bleiben! Jetzt ist wieder alles so wie immer.«

Sie waren auf dem Weg zu Ella, um ihr die Fotos zurückzugeben, die sie geliehen hatten. Eigentlich hätten sie sie auch in der Kirche lassen können, aber Ella war so nett zu ihnen gewesen, dass es sich besser anfühlte, zu ihr zu gehen.

Außerdem waren die beiden neugierig, was sie wohl meinte, wie sich der Silberjunge verhalten würde, nun, da das Silber entdeckt war.

»Ich denke, er hat seinen Frieden gefunden«, sagte Ella entschieden.

Sie standen bei ihr in der Diele und hatten eben die Fotos abgegeben.

Aladdin und Billie sahen einander an.

»Er ist jedenfalls nicht mehr in Åhus«, meinte Ella. »Nicht jetzt, da das Silber gefunden ist.«

»Ne«, erwiderte Aladdin und wusste doch nicht richtig, was er sagen sollte.

»Bist du sicher, dass du ihn nicht doch mal gesehen hast?«, fragte Ella und ihre Augen verengten sich zu schmalen Schlitzen.

Aladdin nickte eilig.

»Nein, natürlich nicht«, beteuerte er.

»Warte kurz«, meinte Ella und verschwand, um etwas zu holen.

Als sie zurückkam, hielt sie ein Foto in der Hand.

»Es ist mir tatsächlich gelungen, ein Bild vom Silberjungen zu finden, von Orvars Jungen«, sagte sie. »Es lag in einem alten Karton, den ich noch nicht hatte durchschauen können.«

Langsam reichte sie es Aladdin.

»Bist du nach wie vor sicher, dass du ihn noch nie gesehen hast?«

Das Bild war schwarz-weiß. Der Junge auf dem Foto trug kurze Hosen und einen gestreiften Pullover. Aladdin musste mehrmals schlucken, denn tatsächlich sah der Junge so aus wie der, den er im Garten und auf der Kirchentreppe gesehen hatte.

Wenn er nur sicher sein könnte. Richtig, wirklich sicher, dass es wirklich der Schnee gewesen war, der die Spuren des Jungen zugedeckt hatte.

Aber ich weiß es wirklich nicht, dachte er. Ich weiß nicht, ob es der Junge aus Mats' Keller war, den ich gesehen habe. Oder ob es der Silberjunge war.

Oder beide.

Da wurde es ihm zum ersten Mal klar: Es musste ja

keineswegs immer derselbe Junge gewesen sein, den er gesehen hatte.

Zu Ella sagte er:

»Ich bin ganz sicher. Den habe ich nie gesehen.«

Ella sah enttäuscht aus.

»Wenn du meinst.«

Als sie weggingen, sah Billie ihn an.

»Du bist dir überhaupt nicht sicher, oder?«, sagte sie.

»Mit was?«

»Ob der Junge mit den kurzen Hosen ein Flüchtlingskind war oder der Silberjunge.«

Aladdin überlegte kurz, was er antworten sollte.

»Ich glaube, dass ich den Jungen aus Mats' Keller gesehen habe. Aber ganz sicher ... nein, das bin ich nicht.«

Ein großer schwarzer Vogel flog an ihnen vorbei und setzte sich hoch oben in eine der Tannen.

»Das bin ich auch nicht«, gab Billie mit leiser Stimme zu.

Schweigend nahmen sie bei Gästis den kleinen Steg über den Fluss. Aladdin sah zu beiden Seiten, aber der Junge mit den kurzen Hosen war nicht zu sehen.

Eigentlich war es auch egal. Wenn es der Junge vom Flüchtlingsschiff war, dann hatte er einen Wohnort gefunden. Und wenn er nun den Silberjungen gesehen hatte, dann hatte der auch bekommen, was er wollte. Aladdin und Billie hatten das Silber gefunden. Sie hatten kein Sterbenswörtchen von Orvars Brief und seinem Geständnis verraten. Mats hatte recht. Solche Sachen, die vor hundert Jahren passiert waren, die ließ man lieber ruhen.

Sie umrundeten Gästis und gingen zum Marktplatz, wo sie in der ›Zimtschnecke‹ einkehren wollten. Wie Billie schon gesagt hatte:

Alles war wie immer.

Ein letztes Mal folgte ihnen der Junge mit den kurzen Hosen. Weder Billie noch Aladdin bemerkten ihn. Vielleicht erwog er, sie anzusprechen, doch er tat es nicht. Stattdessen bog er auf den Friedhof ab und ging mit schnellen Schritten über den Schnee, um dann hinter der Kirche zu verschwinden.

Ohne eine Spur zu hinterlassen.

© Anna-Lena Ahlstrom

Kristina Ohlsson, Jahrgang 1979, arbeitete im schwedischen Außen- und Verteidigungsministerium als Expertin für EU-Außenpolitik und Nahostfragen, bei der nationalen schwedischen Polizeibehörde in Stockholm und als Terrorismus-Expertin bei der OSZE in Wien. Mit ihrem Debütroman *Aschenputtel* gelang ihr sofort der internationale Durchbruch als Thrillerautorin. *Silberjunge* ist nach *Glaskinder* ihr zweiter, in Schweden wie international gefeierter und ausgezeichneter Roman für Kinder und Jugendliche.

Nina Blazon

Lillesang – Das Geheimnis der dunklen Nixe

Ca. 380 Seiten, ISBN 978-3-570-16287-3

Als Jo und ihre Familie das alte Haus an der dänischen Küste erben, erzählt die kauzige Nachbarin Bente die Geschichte von dem Gongur, der an Land kommt und Menschen ins Meer zieht. Anders als ihre Mutter, die das Wasser meidet, lässt Jo sich von der Alten nicht ins Bockhorn jagen. In der Nacht jedoch wird sie tatsächlich von einer Stimme an den Strand gelockt. Bente kann das schlafwandelnde Mädchen in letzter Minute retten. Was hat es mit dem Nixen-Wesen auf sich? Und warum versteckt Jos Mutter alte Fotos, auf denen Gesichter herausgekratzt sind? Jo ahnt, dass ein uraltes Geheimnis auf ihrer Familie lastet. Sie ahnt nicht, dass Bente den Schlüssel dafür in der Hand hält …

60004

www.cbt-buecher.de

Charis Cotter

Das unsichtbare Mädchen

352 Seiten, ISBN 978-3-570-16346-7

Polly lebt in einer Großfamilie. Ihr Zimmer muss sie mit dem jüngsten Familienzuwachs teilen und ihre teuflischen kleinen Zwillingsbrüder machen ihr das Leben schwer. Manchmal möchte sie einfach nur von allen in Ruhe gelassen werden und unsichtbar sein.
Rose fühlt sich die meiste Zeit unsichtbar. Ihre Eltern sind eigentlich nie zuhause, und sie hat aufgehört, sich in der Schule zu Wort zu melden, weil die Lehrer sie ohnehin nie aufrufen. Wie es aussieht, nehmen nur Geister sie wahr, und die können ganz schön anhänglich sein.
Polly und Rose sind beide einsam, am liebsten ziehen sie sich auf den Dachboden zurück – und stellen eines Tages fest, dass sie Nachbarinnen sind! Es gibt sogar einen Geheimgang, der sie verbindet. Die beiden werden allerbeste Freundinnen. Doch was hat es mit Roses seltsamer Begabung auf sich?